三色のキャラメル

不妊と向き合ったからこそわかったこと

永森 咲希

Saki Nagamori

文芸社

はじめに

「永森さん、お子さんの計画は？」

再婚直後に訪れたレディースクリニックで、一般的な婦人科の検診をしてもらった際、医師からそう聞かれた。

「欲しいとは思っています。ここ一～二年くらいで自然にできるのかなーなんて思ってはいるんですけど。ただ仕事も忙しくて」

ホルモンのバランスをチェックする血液検査の後、たくし上げたブラウスの袖を下ろしながら、自分の返答になんの疑問も持たず、さらりと受け流した記憶がある。

「年齢も年齢ですから、あまり悠長に構えていられないですよ。早いにこしたことはない」

そう言った医師の言葉も覚えている。

高齢になってからの妊娠は、若い体と比較すればしづらくなることや、出産も、母体に負担がかかることはなんとなくわかっていたが、卵子自体が私よりずっと早く老化するという生物学的な知識や正確な情報は持ち合わせていなかったし、誰も教えてくれなかった。

　だから医療の手を借りれば、治療をすれば、妊娠も出産もできると思っていた。

　私は一九九九年の春、三十五歳で翔太と結婚した。

　当時の結婚適齢期の平均年齢に比べると遅い方だったが、それまで「結婚は二度としない」と思ってきた私にとっては、決して遅いとは言い切れなかった。

　二十代で一度結婚に破れた私は、その先の、妊娠、出産へと続く列車から振り落とされ、再度乗車する気力を失っていた時期が長く続いた。

　だが、翔太との出会いが、私を再婚へと導いた。

　それが、ちょうど私が三十五歳の時だ。


　私は二十五歳の時に一度目の結婚をしたが、妊娠を経験することなく、離婚した。

　その後十年近く、良き縁には恵まれなかった。というよりも、自ら縁を断ったようなところがあった。

　男性不信に見舞われ、結婚への恐怖心が募り、幼い頃からイメージしていた幸せな家庭像はどんどん遠くなっていった。

結婚を望まないのではなく、望めなくなった。

妊娠したくないのではなく、妊娠が私から遠のいていった。

そんな私でも、十年という歳月を経て今の夫、翔太と巡り会い、再婚をし、家族になれた。


今は、多くの女性たちが名刺を持ち、社会の一端を担っている時代。

ジェンダー・ギャップはまだまだあるものの、女性の社会進出などという言葉自体が既に時代遅れのような響きを持つくらい、女性たちにとって、仕事は既にライフワークの中心になっている。

女としての人生の本番は、まさに社会に出てからだ。

仕事以外に、恋愛、結婚、妊娠、出産、育児といった、女の人生を彩るさまざまな要素が待ち受けている。ただこの中で、いのちを誕生させることに関しては、当然女一人ではできず、パートナーとの縁があってこそのものだ。


三十五歳で再婚した私は、子どもは一～二年の間に自然に授かるだろうと高を括り、年齢と共に妊娠の可能性が遠のいていく危機感を持つことはなかった。それよりも、自身の過去の体験から、思いもかけない方向に向かうことになってしまった。

私は再婚直後から、最初の結婚のトラウマに苛まれていった。

妊娠への環境は整ったものの、気持ちがついていかなくなっていた。

そして、そんな状況を脱し、ようやく夫の子どもを妊娠したい、私たち二人の子どもが欲しいと純粋に願い、妊娠と向き合えるようになった時には、妊娠に適した年齢が過ぎていく微妙な時期に突入していた。

当時健康だった私は、高齢出産のリスクの知識はあっても、高齢で妊娠することがどれほど大変なことかを知りはしなかった。


私がちょうど三十七歳になる頃から、六年間、私たち夫婦は不妊治療に時間を費やした。

子どもを抱ける日がくることを信じて妊娠に向けて歩き続け、出口が見えないその道を全身全霊で進んだ。

この六年間をどう表現したらいいだろう。

ありきたりかもしれないが、長いトンネルを歩いているかのようだった。

時に、お陽さまの光が遮られた四季の感じられない環境の中、窒息しそうな薄い空気を吸い続け、逃げる場所も見当たらない孤独感と闘いながら、ひたすら歩いているように感じたこともあった。

出口の光が見えず、

「本当に出られるの？」

「この道を歩き続けて大丈夫？」

そんな不安を抱きながらも、トンネルの中を一歩一歩、歩みを進めてきた。

子どもができないとなると、ますます子どもに固執し、何を差し置いても治療を優先し、少しでも妊娠に近づけるように努力した。

結婚に適齢期はないけれど、妊娠・出産には適齢期があるんだということを思い知り、卵巣の中に存在する卵子は、持ち主の私よりずっと老化が早いことを、実体験から学んだ。

ずっとあきらめられなかった。

ずっと治療をやめられなかった。

幼い頃の外での遊びといえば、「おままごと」。

家庭の中の家族それぞれの役割を真似する遊びだ。女性のほとんどが、この「おままごと」で遊んだ経験と記憶があるだろう。私もよく、近所の友達と一緒に、この「ごっこ遊び」をした。

じゃんけんで配役を決めていたが、やはりおかあさん役が、みんながやりたがっていた一番人気。じゃんけんで負けて、脇役中の脇役、犬の役なんかがまわってくると、もうがっくりだった。

そんなおままごとのイメージを、脳裏にずっと持ちながら生きてきたように思う。

私には子どもがいない。

でも私は、母になることに反発して生きてきたわけではない。

母になるということは自然なことだと思っていたし、そんな女性の人生の自然な流れに抗おうなどとは思ってもみなかった。

もちろんあえてその選択をしない人もいるだろうが、私はいつか妊娠し、一人、二人と子どもを産み、育て、ごく普通に家族を増やし、夫と子どもたちと共に生きていくのだろうと思っていた。

よく「人生は、思い通りにいかない」というが、私のこれまでの人生も、思い描いたようにはいかなかった。

子どもを産めない女は、女失格？

人を育てない人間は、人として失格？

翔太は別の女性と一緒になった方が幸せだった？

孫のいない人生を送ることになる両親にとって、私はいい娘？

そんな風に、自分を価値のない者として否定した時もあった。


今もあちこちに、我が子を抱く夢をあきらめられない女性たちが多くおられることと思う。

どうにもならない気持ちを抱えておられる方々が、たくさんいらっしゃると思う。

子どもが欲しいという気持ちは、私たち人間が生物である以上、極めて自然で平凡な望みではないだろうか。

だからこそ、子どもをあきらめることは、簡単なことではないのだ。

その現実を受け入れることも、そんな自分を認めることも容易くはない。

そのことを私はよくわかっている。

けれど今、私と翔太は、子どものいない二人だけの人生を笑顔で歩いている。

たとえ子どもに恵まれなくても、自分たちの人生に納得し、満足して歩いている。


ありがとう。

私の生きてきた今までの時間に、そう言いたい。

そして、今後歩んでいくであろう私の人生に対しても、そう思い続けていきたい。


これから綴るのは、妊娠、出産に関して、私が体験してきたことだ。

特異稀な経験をしてきたわけではないが、一筋縄ではいかない年月だったように思う。

私が過去そうだったように、今、道標を見つけられず途方に暮れている方々がたくさんおられるに違いない。

そんな方々にとって、ここに記す私の体験や体験から感じたことが、何かの参考になれば、大変幸せに思う。


新しい自分との出会い。

勇気を持った次の一歩。

自信の回復。

もつれた糸をほどくためのひと呼吸。

多くの女性たちが大切なものを取り戻し、輝いた笑顔で、自分を大事に生きていかれることを切に願いながら、この本をしたためた。

目次

5章　本格的な不妊治療

6章　願いを持ち続けた日々

1章　一度目の結婚

あっという間に破綻に向かった最初の結婚

夫、翔太との結婚は、私にとって二度目。

私は、二十五歳の時に一度、ほんのわずかな期間結婚した。つまりバツイチだ。

当時の私は、社会のことも、男女のことも、何より「わたし」という個人のこともよくわかっていなかったように思う。


最初の結婚相手、拓真との出会いは、大学三年の終わり。友人と一緒にアメリカを横断した時だった。

友人と二人で、その友人のロスに住む父上と、私が中学生の時にホームステイをした際できたアメリカ人の友人を訪ねるのが目的だった。

友人の父上の家を拠点に、ロスからテキサス州のダラス、フロリダ州のオーランド、そしてニューヨークと、アメリカ横断計画を立てた私たちは、往路の途中でハワイに立ち寄った。友人のボーイフレンドやらその友人やら、大勢の仲間たちがちょうどハワイに集まっていたからだ。

そこにいたのが、元夫の拓真だった。

拓真は就職を控え、学生生活最後の春休みの旅に、のんびりできる海を選んだようだった。

青い空にエメラルドグリーンの海、何よりも常夏の乾いた空気も相まって解放的な気分になっているところに、アメリカ横断というエキサイティングな旅が待っているとあって、私のテンションもかなり上がっていたと思う。

それまで私は、大学間のテニスサークル内で仲良くしている人がいた。とても優しい人だった。なのに、ハワイで会った拓真に魅かれてしまったのだ。周囲にはいない、物事にとらわれない自由人らしき雰囲気が新鮮だったのと、旅の刺激が私を必要以上に情緒的にさせたに違いなかった。

その旅での出会い以来私たちは急接近し、付き合うようになった。

拓真の社会人生活が始まってからは休みも合わずすれ違いがちだったが、そのすれ違い気味の距離感が、お互いの気持ちを煽っていったように思う。私たちの間にあたかもレースのカーテンがあるかのように、見えなくていいものははっきり見ないまま、ぼんやり見えていたものを幸せだと思い込み、突き進んでしまった。

そして、拓真と私は結婚した。私が社会人になって約二年後のことだ。

そしてその時私は、その婚姻生活がずっと続くものだと思っていた。喧嘩をしたりしながらも、二人の時間を重ねながら家族を増やし、自分たちの「家庭」というものをつくっていくのだと思っていた。

だが結婚してわずか数か月ほどで、破綻した。


結婚式直前、どこか浮かない顔つきになった拓真の様子に、何も感じないわけではなかったが、男性も結婚を目前にすると、女性のようにマリッジブルーのような心持ちになるのかもしれないし、きっと仕事も忙しいのだろうくらいに考えていた。結婚式も披露宴も終えて新婚旅行にでも行けば、元に戻るだろうと。

でも違った。

今までになく会話は弾まず、とても人生を誓ったばかりの二人とは思えないほど、私たちの表情に笑顔はなかった。

(これが新婚旅行？　この人はなんでこんなにつまらなそうな顔をしているの？)

私はその重い空気と倦怠の原因を、彼の仕事の疲れからだと思うように努めた。

とはいえ同時に、何かが起こりそうな嫌な予感がしていた。

以降、その予感は、一つ一つ現実になっていった。

拓真は隠れるようにどこかに電話をかけるようになった。帰宅時間も徐々に遅くなり、外泊も多くなった。

拓真の会社の人からの年賀状には、「奥様も大切になさってください」と「も」があえて強調されていた。

ほどほどの時間に帰宅しても、「たばこを買ってくる」と言って出かけては、一～二時間帰ってこないことが増えていった。

「ねぇ、拓真、ずっと変よね。何かあった？　思うところがあったらちゃんと話して」

どうして元夫が結婚直前から浮かない顔になり、つまらなそうになったのか、私は徐々にその理由に近づいていった。

「いや、別に」

「別にって。前と変わってしまったことくらい、拓真だってわかってるはずよ。今だから言うけど、結婚式の前から」

私は気になることの一つ、年賀状の話も切り出した。

「この年賀状の、『奥様も』ってどういう意味？」

拓真は一瞬言葉に詰まってから、

「仕事ばかりしているから、奥さんも大事にって単純な意味だろ」

と言った。

そんなやりとりの中では核心に触れるようなことはなく、拓真は、私との会話を避けるようになっていった。

突然なくなった私の居場所

ちょうどその頃、拓真の母から電話があった。

「咲希さん、拓真宛ての郵便物なんだけど、随分溜まってるわよ。重要なものもありそうだから、まとめて持って行ってあげるわ。今日これから新宿に用があるから、貴女のオフィスに寄るわね」

ほとんどがDMのようだったが、中には同窓会の案内や、クレジットカードの明細書等も含まれているらしかった。独身時代両親と同居していた拓真は、クレジットカード名義人の住所変更の手続きをしていなかったようで、明細書はまだ実家に送られていたのだ。

それにしても義母の話を聞いて、とっさに私は、

（おかしい）

そう思った。

拓真はその二日前に、仕事で遅くなりそうだから、職場に近い自分の実家に泊まると言って外泊したからだ。

（その時に渡せたはずなのに）

拓真が泊まったことについて一言も触れない義母に違和感を覚えたが、なぜかそのことは確認できなかった。

約束通りオフィスに来た義母から受け取った拓真宛ての郵便物は、やはりどうでもいいＤＭが多かった。

「結構溜まっちゃったんですね」

「そうでしょ。あの子に手渡しできれば楽だけど、あの子最近こっちには全然来ないし」

「…………」

心臓が激しく鼓動した。

「早く住所変更するようにあの子に言っておいて。私も面倒だから」

「…………」

「咲希さん？」

「あっ、はい。そう伝えておきますね」

その後席に戻っても、仕事が手につかなかった。


私はひどく動揺したまま家に帰った。

（きっと仕事が忙しくて実家にも帰れず、会社にでも泊まったんだわ）

そう思おうとした。

だが私は、郵便物の中に交じっていた、カード会社からの封筒を手に取っていた。

しばし迷った。開けてしまっていいのか。見てしまっていいのか。

封筒を切るためのはさみをうまく持てなかった記憶がある。

明細書は、正直に拓真の行動を伝えてくれた。

お正月明け早々の一月四日、仕事だと言って出かけた拓真は、海のそばの瀟洒なレストランで贅沢な食事をとっていた。地方に出張と言った日も、仕事で遅くなるから実家に泊まると言って家を空けた日も、都内のホテルに宿泊していた。流行りのジュエリーショップで買い物もしていた。

明細書を持つ手が震えた。

（私たち、結婚したばかりよね？　なんで？）

恋愛を含め、人生経験が豊かではない当時の私は、冷静になることなどできず、感情のおもむくままに拓真と対峙した。彼は明細書を見た私をなじりながら、一つ一つすべてに理由をつけて否定した。

否定されればされるほど、すべてが嘘に聞こえた。

解決への糸口も、修復の兆しも見えていないそんな時、拓真の手帳から一枚の手紙と写真が落ち、私はそれを目にすることになった。

拓真の交際相手の女性からの手紙だった。

拓真に女性がいるということが明らかになった瞬間だった。

拓真は、交際相手がいて、その女性は職場の後輩であること、結婚直前から惹かれ合ったことを認めた。

でも、「どうしていいかわからない」と言った。

私は徐々に平常心ではいられなくなった。

眠れなくなり、食べられなくなった。

免疫力が弱ったせいか、風邪もこじらせ熱が続いた。

その様子を見かねてか、親しくしていた会社の同僚が、私の母に連絡してしまった。

「ちょっと無理し過ぎなんじゃない？」

母からの連絡に甘えたくはなかったが、他の女性と付き合っている夫と家にいるのが耐えられなくなっていた私は、気持ちを落ち着かせるために、環境を変えてみる必要がある気がして、数日間実家に寝泊まりすることにした。

両親には本当のことは伝えず、ハードワークと慣れない家事との両立で体調を崩したようだ、それに拓真が比較的長い出張だから、という建前で居させてもらった。

とにかく頭を冷やしたかった。

（どうしたらいいの？）

私はどんどん混乱した。

見えないその女性と拓真のことを考えると、どきどきして掌に嫌な汗をかき、頭も朦朧とした。

現状を知らない両親の前で取り乱すわけにもいかない。そんな様子を見せず取り繕うのもしんどかった。

洗濯物も溜まっているに違いない。

食器もシンクに溢れているはず。

きっと部屋も散らかっているだろう。

（やっぱり帰らなくちゃ）

拓真のそばにいた方がいい、早くそこに戻るべきだと思った。

熱が出て数日会社を休んでいたものの、心の置きどころもなく、じっとしてもいられず、私は新居に戻った。いろいろあっても、そこが私の家であるはずだったから。

だが、戻ったことを後悔することになった。

想像もしていなかったものが、私の目に飛び込んできた。

差し込んだ西陽に当たり、床に光っていた長いキラキラした髪の毛。私よりずっと長い髪の毛。寝室の三面鏡ドレッサーに落ちていた、一滴のリキッドファンデーション。キッチンのシンクに置いてあった、飲み終えた二つの味噌汁のカップとお箸。普段たたむことなどないのに、きちんとたたまれていた拓真のパジャマ。

当時私はリキッドのファンデーションは使ったことがなかった。

それらを見て、私は吐きそうになった。

誰の家だかわからなくなった。

そして、私の居場所もわからなくなった。

百合と雑草

大学の同窓生たちは、商社や銀行、大手のメーカーといった堅実な企業に就職する人が比較的多かった。

当時、「お茶くみはイヤ」と息巻き、みんなと同じということにもわずかな抵抗を持っていた私は、卒業後初の企業に、シリコンバレーに本社を持つ半導体の外資系メーカーを選び、日本支社の営業アシスタントとなった。

周囲の同窓生たちが、研修期間中じっくり社会や企業というものについて学ぶ一方、私は充分な研修期間なく、即ＯＪＴ。教育係として女性の先輩がついたものの、必要なことは自ら聞き、自ら調べ、自分をマネジメントしなければ置いていかれるような環境だった。

そんな職場環境だったので、入社してからの丸三年間、周囲についていくよう必死で勤務した。

だが不本意ながら、拓真に女性がいることを知ったこの頃の私は、仕事の責務が果たせなくなっていったのだ。

女性の存在が発覚して以降、拓真とはしばしば話し合いの時間を持った。

「咲希と別れようとは思っていない」

「じゃあ、その女性とはちゃんと終わりにしてくれるの？」

「今はできない」

「そんな。どうして？　私のこと、嫌いになったの？」

「そうじゃない」

「そうじゃないなら、これからどうしていきたいのか、ちゃんと話して」

拓真の口から私が望んでいた言葉は聞けなかった。

それよりも、女性と別れられないという彼の素振りが目に余った。

私に気持ちがなくなり、もう暮らせないのならそう言って欲しかった。

もしやり直したいという思いがあるのなら、「もう少し時間をくれ」でもなんでも、私たちの関係を大事に考えている言葉が欲しかった。

真っ暗闇の中にいても、灯台の光のように、何か目指せるものが私には必要だった。

（これでは蛇の生殺しだ）

私はげっそりと痩せていき、ちょっとしたことで涙が出て、職場では周囲に迷惑や心配をかけた。

私の体調を心配していた両親にも、もはや隠してはいられなかった。

雑巾のようにボロボロになった私を見かねて、実家で心の休養をとるように勧められ、情けないことに私は仕事を休み、その勧めに甘えざるを得なかった。

遅い時間を見計らって電話をしてみても出てはもらえず、折り返しの連絡もなかったので、拓真とは思うように連絡が取れなくなった。

新居でのショッキングな光景が脳裏に焼き付き、その場所に戻る勇気が持てずにいた。

そうしている間も、拓真が毎日職場でその女性に会っているかと思うと、心が壊れてしまいそうだった。

突然動悸が始まる。

眠れない。

眠れたとしてもひどく怖い夢を見る。

朝がくると（また朝がきてしまった）と沈み、明るい日差しが苦手になり、カーテンを閉めたままにした。

親しい友人たちが訪ねてきてくれても、会えなかった。今までの明るく活発な私から、誰がそんな私を想像しただろう。学生時代は、いつもお茶目な三枚目と言われていた。セーラー服を着た写真の中の私は、確かにどれも、いつも笑っていた。結婚というものがこんなにも厳しいものになるとは、想像もしていなかった。

ある時私は、母に、N医療センターの精神科に連れていかれた。精気をなくした私の様子を見かねてのことだった。

春の陽差しが柔らかい日に、母が私を墓参りに連れ出したのだが、そこで私がぼそっと、「この中で眠れたら楽だろうな」と口走ったのがきっかけだったらしい。母の心配も増していたのだろう。

今では心も風邪をひくものだという認識が広まり、心の診療については、メンタルクリニックや心療内科という名称で人々の生活に浸透している。

しかし、当時はそんな環境ではなく、心の状態を診てもらうところは精神科。その響きは日常からかなりかけ離れたところにあり、身近なものではなかった。だからそこに通う自分の姿が、さらに落ち込む要因にもなるという悪循環になった気がするが、そこでは単に精神が安定するような薬を処方されるだけだった。

週末で父も家にいる日だった。私は顔も洗わず、パジャマでいたのだと思う。

「いつまでそんな状態でいるつもりだ」

私の様子をしばらく見ていた父が、私に言った。

「そのだらしなさはなんだ。親の反対を押し切って結婚したのはおまえ自身だろ」

（なんで、今、このタイミングでそんなこと言うの？　なんでそんな言い方するの？）

「私だってこうなりたくてなったわけじゃないわ」

「咲希の育て方を間違えたようだよ。おまえは甘い。世の中には離婚して帰る場所がない女性もいる。子どもを抱えて必死で生計を立てていかなくちゃならない女性もいるんだ。百合じゃだめなんだよ。強風に吹かれてもへし折れない雑草でなくちゃ」

父は続けた。

「水商売の仕事でも経験してみたらいい。咲希には雑草のような逞しさがないから」

なんてひどい父親なのだろうと、心の中で強烈に父を責めた。

独身時代から使っていた私の部屋に戻り、どこからそんな力が出たのか、スリッパを力いっぱい壁に投げつけた。

何に対してなのか、ひどく悔しかった。

（ここにも私はいられないの？）

何を考えても答えは出ず、ただ時間だけが過ぎていくように感じられた。

脱線した夫婦の列車は、線路から外れ横倒しになったままだった。

(眠れない。やっぱり薬を飲もう)

ある夜、溜息と共に私はベッドから体を起こした。

あまり薬に頼りたくないという思いもあって、眠れない時に処方された睡眠導入剤をしばらく飲まずにいたのだ。

二階の私の部屋を出て階段を降り、薬を置いてあった一階のダイニングへ向かった。

調整の効くダウンライトをわずかに点けようとした時、ダイニングから続いている真っ暗闇のリビングの中に、一段と暗くなっている人影のようなシルエットが浮かび上がった。

(なに、アレ?)

近づいて目を凝らしてみると、それはソファに埋もれた父だった。

私は父が帰宅していたのに気づかなかった。

お酒に酔い、ネクタイを緩め、額に手をあてて、だらしなくソファに座っていた。

「なんでおまえが、こんな目にあわなくちゃいけないんだ」

お酒のせいなのか、涙なのか、私を見ることなく伏し目がちな父の目は、かすかなダウンライトの灯の下で真っ赤に見えた。

「おまえはこの先、大丈夫なのか」

父は、私に対してではなく、独り言のようにつぶやいた。

「不憫で見ていられんよ……」

そこにいたのは、数日前に私を責めた父ではなかった。

「この結婚が無理なら無理でいい。これからのことは自分でちゃんと決めなさい」

はい、と一言言うだけで精いっぱいだった。


私は拓真とやり直すことをあきらめた。

結婚式で大勢の人に祝福を受けてから一年も経ってない。世間体やら何やらいろいろな思いが、頭が破裂しそうなくらい廻った。

でも、いくら時間をかけても、私たちの列車が線路に戻れることはない気がした。

たとえ必死で戻したとしても、もう走れないと思った。

だから、決めた。

そして私は雑草になろうと思った。

決断についてきたもの

私の最初の結婚は、私が離婚訴訟を起こす形で幕引きに向かった。

私との結婚直前に別の女性と恋に落ちてしまった拓真も、恐らく頭の中が混乱し整理がつかなかったのだろう。

百歩譲ってそういう状況を理解したとしても、建設的な会話を避け、思いの一つも伝えられない彼と、判子一つで「はい、これでおしまいですね。その方とお幸せに」と簡単に協議離婚ができる状態ではなかった。

拓真との結婚を、私の両親は最初反対した。親の目から見て、信頼して娘を預ける思いにならなかったという。

この結婚は、親の反対をおしきっての結婚だった。そこまでした結婚だったのに、躓いた途端に私は一人では立っていられないというなんとも情けない有り様で、両親には必要以上に心配と迷惑をかけてしまった。

昭和一桁生まれの父と二桁の初めに生まれた母にとって、離婚はどこにでもあるありふれたものではなかった。ましてや私は両親からすれば一人娘。次にいい縁があった時のために、私の離婚にどのような背景があったのかを記録として残したがった。娘に不貞や問題があったのでは、という疑惑を打ち消す材料を整えておきたいという思いからだったようだ。

今回は親の言うことに耳を傾けようという殊勝な気持ちにもなり、訴訟に踏み切った経緯がある。

この一連の出来事の後始末は、私にしかできないこと。目を背けるわけにはいかなかった。

裁判になった以上、それは闘い。だが、それは相手との闘いというより、むしろ自分との闘いだったように思う。

原告となった私が準備しなければならない書類の中に、陳述書というものがあった。今までの経緯をすべて赤裸々に言葉にして綴っていかなくてはならず、思い出したくない事柄を自分の言葉にして明確に紙に書いていく作業だった。何度もやめたいと思った。

地方裁判所にも出廷した。

正面の法壇に裁判官、左右にそれぞれ原告人席、被告人席、弁護人席、後ろには傍聴人席があり、初めて出廷した時には、テレビでしか見たことのないその法廷の光景に、足がすくんだ。

裁判官の前で、立ったまま嘘偽りない発言をすることを宣誓する際には、緊張から後ろに倒れそうになった。

(自分の選択してきたことが、こんなことになってしまったなんて)

そこから逃げ出したかった。

でも、その場をつくったのは全部自分だった。

それがわかってきた私は、自分自身に決着をつけるために、粛々とやれることをやるしかなかった。


その間に、新居のマンションの賃貸契約を解約し、荷物をすべて撤収しなくてはならなかった。

もはや不要となった食器棚、ダイニングテーブルに椅子、オーブンレンジ、ベッド、三面鏡ドレッサー、洗濯機、冷蔵庫等々、回収業者に一括引き取りを依頼した。

やってきた回収業者の担当者は二名。すべての家財道具をいったんマンションのロビーに降ろすとのことで、彼らは黙々とそれらを部屋の外へと運び出し、私は部屋の中でその作業をじっと見ているしかなかった。

みるみるうちにマンションのロビーが生気のない死んだような家具でいっぱいになった。

事情を知らない近所の人たちが、そこを通りかかっては、

「あら、転勤？　引っ越していらしたばかりなのに、大変ねー」

などと声をかけていく。

（転勤か。転勤だったら、まったく違う人生だったわ）

作り笑いで適当な返事をし、最終的に、すべてを載せた回収業者のトラックを見送った。

そこに車で向かっていた私は、帰りもまたその車に乗り込んだ。

サイドブレーキを解除して発進させた途端に涙が溢れた。

笑顔が絶えない楽しい家庭を築こうと手を重ねた誓い。

家族を増やして、平凡でも幸せな人生を送っていきたいと思っていた私の家族未来図は立ち消えた。

この結婚はいったいなんだったのだろうと思った。

結婚は怖いものだと思った。

結婚は辛いものだとも思った。

この裁判では、弁護士の先生に随分お世話になった。一度サラリーマンをされた後、弁護士資格を取得され、水俣病訴訟にも携わった堅実で正義感の強い方だった。

結婚後の男女の恋愛、不倫は、今となってはありふれたものかもしれない。当時ももちろんあちこちであったことだろう。ただ、お互いの家族を巻き込む婚姻というものは、決して軽いものではないのだということを、弁護士の先生は常に仰っていた。また、不倫が当たり前になれば、婚姻そのものの形態がいつか破綻してしまうだろうと、危機感も持っておられた。

東京地方裁判所の民事で取り上げられたこの私の裁判は、約二年弱にも及ぶこととなった。

自分で決めたこと、それが思いもかけない方向に向かってしまった。

周囲の人たちを巻き込み、迷惑をかけ、悲しませもした。

今の時代は離婚が増え、バツイチという言葉は珍しいものでも奇異なものでもなく、ある種、勲章のようにさえ言われることもある。

けれど、離婚はどんなカタチであれ、本人たちを含めみんなが傷つくものに違いない。

目の前に立ちはだかった、見えない女性の存在に、一瞬で私は身動きができなくなった。毎日毎日その闇に引きこまれ、正常な思考能力がなくなり、立っている力をなくした。

なんとひ弱な小娘だったのだろう。

時間が経つにつれ、自分の姿が客観的に見えてきた時の情けなさを、今でも忘れない。

結婚はもうこりごりだった。

そして、その時「子どもができていなくてよかった」と思った。

2章　再出発

リハビリの始まり

実家に戻り、離婚訴訟を控えて仕事も辞めた私は、冬眠するように数か月間引きこもったが、ある時期から「何かを変えたい」という思いに駆られ、ようやくそんな生活から抜け出したいという思いが湧いた。

社会人経験の浅い私にいったい何ができるのか。

その浅い経験を繋げていけるものはないかを考えた。

外資系半導体メーカーの営業部で、約三年間数名の営業マンのアシスタントとして勤務し、補佐役の仕事に少しずつ面白さを感じ始めていた私は、エグゼクティブの補佐を目指してみようかと思い立った。

当時、市谷に外資系秘書を専門的に育成するスクールがあったが、そのスクールを見つけ出し、Executive Assistant Course（エグゼクティブアシスタントコース）の短期コースに通うことにした。

このクラスの多くが、外国人の先生による英語の授業という条件だったが、大学時代所属していた外国語外国文学科、英語英文学専攻クラスでは、英語で行われる授業も多かったので、チャレンジングではあったが違和感なく決められた。

寝ても覚めても、拓真とその女性に、また破綻した結婚に翻弄されていた私の毎日に、変化が現れた。離婚訴訟の準備も山場を越えた頃、出かける場所を見つけられたことで、それまで緊張の連続だった心に、新風が吹いた。

座礁して動かなくなった船の船首を再び海へ向ける作業、私のリハビリがようやく始まった。


そのスクールでは、外国企業で業務に携わるその手法を、三か月という短い期間だったが、幅広く学んだ。

コースの最後の授業で、キャロラインという名前だったと思うが、笑顔に安心感のある、ふくよかでどっしりした優しい講師との面談があった。その面談のテーマは、今後どんな企業でどんな風に働きたいかについてだった。

とにかくスクールに通うことに意義を見出していた私は、その時まだ裁判も抱えていたし、具体的な将来像を持ってはいなかった。

キャロラインに、裁判を抱えているなどということは話さなかったが、まだ具体的な方

向性が決められないと正直に話をした。すると彼女は、

「あなたは、社会に出て初めての企業が外資系だったのね。経験としては、これではとても弱いわ。外資系で働くにしても、ロケーションは日本よね。しかもお客様はみな日本人や日本の企業でしょ。エグゼクティブのアシスタントという立場で、日本の企業のことをまったく知らないのでは、上手なサポートができるかしら？」

そんなアドバイスをしてくれた。

「仰っていることはわかります。でも、日本の企業は、中途採用はしないいんです」

「わかっていますよ。あなたは派遣というシステムを知ってますか。期間を決めて、派遣スタッフとして日本の企業を数か月でも覗いてみてはどう？　秘書という立場の職種でね」

当時、まだ派遣という勤務形態には馴染みがなかった。

法律で派遣が認められ、労働者派遣法が制定されたのが一九八六年。この時まだ派遣業務は、専門的に限定された業務にしか許されていなかった。その後緩和され、一九九九年には「禁止業務以外のすべての業務に派遣できる」という形態になったと言われている。

私がキャロラインと話をしたのが、一九九一年の一月だから、まさに派遣社員がこれから

増えていくという時だったと思う。

多くの企業が、経費やリスクが抑えられる短期雇用の派遣社員を広く求めるようになり、まさに雇用形態が大きく変わり始めた頃だったのだが、キャロラインの私へのアドバイスは的を射ていたように思えた。

そのことは未だに感謝している。


裁判を抱えた私にとっては、戸籍上の問題やら諸々のことで、派遣の方が都合がよかった面もあり、さっそくある派遣会社に登録し、希望を伝え、機会を待った。

登録してから一か月も経たないうちに、ある商社の部長秘書というポジションの提示があり、面接を受けて、勤務することになった。

いったい日本の企業とはどんなものなのか、初日からかなり緊張もし、想像していたよりも多くの面で違いがあり、私は戸惑った。

外資系では、上司もお茶は自分で入れていた。オフィスの一角にコーヒーサーバーが置いてあり、飲みたくなったらそこに自分で入れに行く。日本茶が飲みたくなれば、給湯室で自分で入れるのが基本。たまには「入れてくれる?」と頼まれることもあったが、お茶出しが毎日の日課の一つではなかった。

けれど、日本企業は違った。毎朝机を拭き、上司が出社したらまずは熱いお茶を入れること、これが大事な仕事の一つだった。

外資系では、たとえ課長でも部長でも呼び方は「さん」づけ。アメリカ人社長も名前で呼んだ。しかし日本の企業では、〇〇部長、〇〇課長と、名前の下に役職名を入れた。

外資系では、社内のエレベーターは女性が先に乗り込み、後から乗った男性がボタン操作をする。降りる時は女性が先に降り、その間男性が開くボタンを押していてくれる。すべてがレディーファーストだった。

けれど、日本企業はその逆だった。

稟議書を回す時、外資系の書類には、回しやすい順番で単純に名前が記載されていたが、日本企業の書類には、役職の上位順に左から氏名の縦判を押していく。しかも、右にいくに従って、一文字分ずつ判子を下げて押していくというルールがあった。たとえ判子であっても、自分より上の人を越えてはならないという役職権限重視の社風が、その判子に象徴されている気がした。

キャロラインが言っていた意味が、実体験を通してわかってきた。

当時、派遣業がまださほど浸透していないのに、私が勤務したこの商社では、派遣社員でも責任ある仕事を任されて活躍している人も多く、誰が正社員で誰が派遣社員なのかわからないほどだった。

そんな環境下だったからこそ、私も居心地よく勤務できたのだと思う。

この会社で、部長の秘書業務の次に、取締役本部長秘書のお話をいただいた。周囲の先輩役員秘書の振る舞いを見ながら、たくさんのことを学んだ。

立ち居振る舞い、接客にあたっての物腰、じゃじゃ馬の私には大事なレッスンだったに違いない。

男性はもうこりごりと思うように

この会社に計一年半勤務したが、その間に徐々に親しくなった男性がいた。

同じ部の同僚が、所属している運動部の試合観戦に私を誘ってくれた時に、その試合に参加していた望月氏。試合後の打ち上げにも声をかけてもらい、そこで話をしたのがきっかけだった。

練習試合でも公式試合でも、試合があると声をかけてくれるようになった。

陽光で温かくなった芝生に座り、歓声を聞きながら、躍動感溢れる姿を見るのは気持ちがよかった。

生きている感じがした。

その頃の私は、裁判をしている自分と、新しい世界に一歩踏み出した自分とのはざまにいた。別居をし、一年半が経っていたとしても、戸籍上は夫がいる身。半分自分で半分自分じゃない感覚がつきまとい、何をするにも自制が働いた。

わずかな結婚生活と長きに亘る別居。相手には別の人がいる。なのに、まだ夫婦なんて不思議だった。

望月氏はそんな私の状況を察し、理解しようとしてくれた。私の中に生まれた異性への不信感を払拭しようと誠実でいてくれた。

(まるごと受け止めてくれようとしている)

私は少しずつ、望月氏に心を寄せるようになっていった。


裁判の終了をどれだけ待ったことか。

一九九〇年の夏に始まった訴訟は、一九九二年の夏にようやく幕を閉じた。長かった丸二年だったが、私にとっては必要な時間だったのかもしれない。

裁判が終わり、私は正式に望月氏と付き合い始めた。当時、私は二十八歳、望月氏は三十歳だった。

ある時望月氏から、

「咲希の今までのことを思うと焦らすつもりはないけれど、これからは結婚を前提に付き合って欲しいと思ってる」

と、結婚の意思表示があった。

結婚。

「結婚」という言葉を聞いただけで不快になり、冷や汗が流れるような状態は脱していたが、その時即答はできなかった。でも、（彼とだったら大丈夫なのかもしれない）と思える程までになっていた。


ちょうどその頃私は、派遣契約が満了となって商社勤務を終え、正社員としてアメリカのコンサルティング会社でパートナーの秘書職についていた。ようやく長いリハビリ期間が終わり、正社員として本格的な自立の第一歩を踏み出せたところだった。

望月氏との再婚のことも、少しずつ自分のこととして考えられるようになっていた。

二人の会話の中でも将来についての話題が増え、時には子どもの話などもするようになった。

数か月後、望月氏は中古のマンションを購入し、内装をリフォームした。キッチンカウンターの高さを私の身長に合わせた寸法にするなど、その内装はすべて私の好みを尊重してくれた。そして正式に彼のご両親にご挨拶に伺う流れになっていた頃、少しずつ空気が変わっていった。

その年末のことだった。

望月氏の実家では毎年正月に、彼が所属している運動部のメンバーを招いて新年会が催されていた。十二月に入る頃私にも誘いがあったが、お客様という立場ではなく、彼の母上と一緒にその会を手伝って欲しいと言われた。それまで望月氏のご両親には正式にお会いしたことはなかったので、バツイチの私を認めていただけるのか心配したが、彼の口ぶりでは、既に私のことは両親に話をしてくれている様子だったので、マンション購入の際に私の意向に沿ってくれた彼を信じていた。

だが、直前になって、

「ごめん、やっぱり新年会は、部のメンバーだけにしようと思う。咲希だけ浮いてしまうと思うし、両親との顔合わせはまた改めてセッティングするよ」

そう告げられ、私はその席から外された。

その新年会以降の望月氏の私に対する態度は、急速にトーンダウンしていった。

あの時と同じだった。

女性の存在……。

入社二年目で、望月氏が所属する運動部のマネージャーを始めたばかりらしく、男性社員から注目の的という評判の女性社員だった。

望月氏の実家の新年会に招かれ、甲斐甲斐しく手伝い、彼の両親からも可愛がられ急速に親しくなったようだったと、後から噂で聞いた。

「彼女に翻弄されている。すまない……」

望月氏は、私に謝った。

「少し時間をもらえないか。必ず咲希のところに戻る」

かさぶたに覆われていた傷が、疼き始めた。

もう涸れ果てたと思った涙もまた溢れ出したし、眠れぬ夜も過ごした。あの時と同じように精神的に乱れもした。でも私は、百合のように折れず、雑草のように踏ん張っていた。

前の夫と違い、自分の心情を言葉にして伝えてくれていた望月氏に対して、戻ってきてくれると期待があったからかもしれない。

しかし一方で、

（これじゃあ、あの時と同じ。彼は私のことなんて少しも理解してなかったってことよ。拓真と同じことをしているんだから）

そんな客観的な自分もいた。

（拓真とは違う）

そう思いたかった。

傷を負った私を励まし、癒してくれた時があったのは間違いない。その優しさも、その優しさを信じた自分も、否定したくなかった。

ある夜、望月氏から電話がかかってきた。

「今までごめん。辛い思いをさせて悪かった。もう大丈夫。気持ちの整理ができた。明日、迎えにいくよ」

でも翌日、彼は来なかった。

（もう限界……）

望月氏との関係は、私の方からピリオドを打った。

望月氏の留守中に、彼了解の上で、預かっていたマンションの合鍵を初めて使い、置いてあった私物を取りに行った。

その時、彼の書斎の机の上に、一通の手紙が置いてあった。彼の母上から彼に宛てられたものだったが、既に封は切られていた。

(私に読めっていうこと?)

一瞬躊躇ったが、私はその手紙を読むことにした。

母として息子の結婚に対する思いが便箋いっぱいに広がっていた。

私にも触れていた。

人柄はわかったけれど、望月家にふさわしい人かどうかよく考えるように、と綴られていた。

日付は、新年会前の年末だった。

ふさわしくないその理由は、私の離婚にあるようだった。

私は何も言わず、望月氏に合鍵を返送した。

(結婚も、男性との付き合いも、もう私には要らない)

幼い頃のおままごとで、いつも真っ先に手をあげていたおかあさん役も封印した。

私が信じられるもの

同じエネルギーを注ぐのであれば、裏切らない仕事がいい。

書類に埋もれるくらい多忙にしていたかった私は、比較的余裕があった現職に物足りなさを感じ、心機一転転職することにした。

大きく新聞に掲載された求人広告。それは、日本のＺビールとアメリカの大手Ｂビールの新合弁会社Ｊビールが、業務開始と同時に、いくつかのポジションを募集するという広告だった。私は、その中の社長秘書のポジションに応募してみることにした。

その時の私は、

（もっと忙しくしていたい。何かに没頭したい）

という思いでいっぱいだった。

試験と面接になんとかパスし、代表取締役社長秘書のポジションを手にすることができた私は、八か月勤務したコンサルティング会社を退社し、梅雨も明け太陽が眩しく照り始める初夏から、新しいＪビール会社に勤務し始めた。

ビール会社は、この時期、ドラスティックに変貌していった。私が入社したのが、一九九三年。ちょうど、一九九四年に酒税法が改正されて、ビールの製造免許に必要な最低酒造量が二千キロリットルから六十キロリットルへと大幅に引き下げられたり、酒類販売免許が緩和されて、いわゆる量販店が流通ルートに加わるようになった。そして、スーパーやコンビニ、ディスカウントストアがビールを安値で販売するようになり、ビール業界は活気に溢れ始めた時期だった。と同時に、新規参入や価格競争が可能になったこともあって、各メーカー間で熾烈な競争が始まった頃でもあった。

当初、私が入社したJ会社は、日米で出資比率五対五の合弁事業のはずだったが、結局アメリカのB会社が九で、日本のZ会社が一の、九対一の合弁事業となった。

新会社の社長は日本人。外資系の日本企業をマネジメントする社長の重責は相当のものがある。何かあれば、即刻首のすげ替えが行われるし、アメリカやアメリカ製品は世界一と思っている本社の経営陣に対してイエスマンになっては、現場に苦労を課すことにもなり、日本の経営自体大きく道を外す可能性もあるわけで、どんなに圧力がかかっても、アメリカとはマーケットが違うその日本の市場動向を正確に本社に伝え、その方向で事業展開の承諾を得なくてはならないという責務がついて回る。

その社長の秘書業務に携わる私の生活も、劇的に変化した。

朝は、社長に届くすべてのメールに目を通すことから始まる。同じ情報を共有し、優先順位をつけ、できることから進めていく。社員からのリクエストや状況報告に合わせて、社長から言われる前に必要だと思われるデータは揃えておき、社長がすぐに動き出せるように準備しておかなくてはならない。

スケジュール管理、社内外向け文書作成及び管理、出張や会議のアレンジ、会議資料の作成、所属メンバーシップ管理、精算や支払処理、慶弔対応、ファイリング、贈答品管理、外部メディアとの社長インタビューアレンジ等々、基本的な業務の他に、突発的な諸案件の対応や雑事を含めた細かい仕事が、朝から晩まで山積みだった。

そんな秘書業務全般に加えて、社長室での業務推進コーディネーターの役目も仰せつかった。

そのコーディネーターの主だった職務の一つに、年に数回予定される、アメリカ本社の会長とVIPグループの来日時のコーディネート業務があった。

創業から五代目にあたるそのB会長は、『Forbes』誌にもたびたび登場するような、絶大な支配力と権力、そして信頼を勝ち得ていた経営者で、当時日本のマーケットには特に力を入れていた。日本のビール市場で、輸入ビールのシェアはわずかだったとはいえ、外資系のビールメーカーとして商品を日本に定着させることに、こだわりを持っているようだった。

この分野での私の仕事は、B会長を含めたVIPグループの来日スケジュールの立案、ホテルの予約、関係者への通知、一連の交通手段の対応、来日時に開催される全国の販売店会議のサポート、通訳手配、資料作り、パーティーアレンジ等々で、こちらも多忙を極めた。

来日に伴う業務は、通常の社長秘書業務をほぼ終えた夕方から始めるので、帰宅は夜中を回ることが多かった。

B会長は来日時、決まったパイロット二人を連れ、社用ジェットのファルコンを自ら操縦してやってくる。私の仕事は、そのファルコンを停める成田のランディングスロットを予約するところから始まった。

約一週間の滞在は、ヘリポートの近い海の見えるホテルが多かったが、そのプレジデンシャルスイートに事務局を置き、私と副社長秘書の同僚K子の二人がその部屋に詰めて、VIPグループの滞在に伴う対応に追われた。事務局に置かれたホワイトボードは、表も裏も常に手書きの情報や付箋でいっぱいだった。

会長到着後の移動は車かヘリコプター。車中や機内は即刻、待ち受けていた社長が日本のビジネスの現状や問題点について説明するプレゼンテーションの場と化すのだが、その資料作りも私の大事な仕事だった。

スケジュールは、工場視察や販売店訪問、社内会議に販売店との会議、重要顧客との会食やパーティー等で、いつも立て込んでいた。

朝も早い時間から、ホテルのスイートルームで朝食会義を始めるので、自ずと私たちの起床も早くなる。人数分の朝食がセットされるのを見届け、準備した資料を配布し、事務局に戻って次のスケジュールに備える毎日だった。

販売店を招いたパーティーのメニューは、会場となる滞在先ホテルのレストランスタッフと、B会長がアメリカから連れてきたシェフグループとの合作。その確認作業も大仕事だった。シェフグループをアメリカから連れてくるという、そのダイナミックさに驚いたが、ホテルの庭で演奏する生バンドもアメリカからの御用達。カウボーイハットをかぶった歌手とバンドマンたちが、夕暮れ時のホテルの庭で、テンポのいいカントリーソングを演奏し始め、そのスケールの大きさに度胆を抜かれたのを覚えている。

そんなあれこれの対応に、事務局で缶詰になっているK子と私は、まともに食事もとれない状況だった。

朝昼晩とルームサービスを注文していたが、一口目を食べると電話が鳴り、二口目を食べると誰かが来て何かを頼まれ、三口目を食べると、ミーティング会場へ届けものをするといった状態。食事がちゃんととれないどころか、トイレにも行きたい時に行けず、普段から便秘がちのK子は、来日業務のたびに症状を悪化させ、泣いていた。

睡眠不足にもなった。どんなに遅い時間になっても、翌日の御一行スケジュールの確認作業は必ずしなければならないことだったし、作成した資料の変更も頻繁に発生し、その変更作業が夜中までになることもしょっちゅうだった。

これが東京や千葉のホテルだった時はまだよかったが、時には、北海道での滞在もあり、倍のエネルギーを要した。

へとへとに疲れきっても、やり甲斐がその疲れを帳消しにしてくれた。

アメリカの大会社のトップの仕事ぶりと、やることの豪快さに魅了されたこともあるが、アメリカ人でさえなかなか会うことができないB会長と顔を合わせ、「Good job! Thank you, Saki! It's great visit!（いい仕事ぶりだった。ありがとう、サキ。素晴らしい滞在だったよ）」などと言われ握手でもされようものなら、それまでの苦労が報われ、大きな達成感に満たされた。

この会社で、私は仕事のやり甲斐を知ったと思う。

仕事は裏切らなかった。

もちろん上手くいかないこともたくさんあったが、自分が費やした労力や時間は、カタチになり、成果となった。

結婚はますます私の意識から遠ざかっていった。

きれいなものを「きれい」と感じる心

そんな勤務スタイルを三年ほど続けていたある日の朝、私はベッドから立ち上がれなくなった。体の中にはどこも異常を感じない。ただ、両足をついて立てないのだ。左足だったか、右足だったか覚えていないが、どちらかの足が痺れているような感覚だった。

さすがに心配したのか、普段はあまり話をしない父がその朝、まともに歩けない私を総合病院まで連れていった。

検査をしたところどこも悪いところはなく、何日もろくな睡眠をとらず、体を横にする時間が少なかったので、血流が悪くなったという診断だった。そして、病院は松葉杖を貸してくれた。

「家にはタクシーで帰るか？　その松葉杖じゃな」

「ううん、会社に行く」

「その状態で、会社に行くのか？」

「うん、今日どうしてもやらなくちゃならないことがあるから」

「どうやって？」

「電車で」

父は呆れていたが、どこも悪くないということで安心もしたのだろう。もう少し普通の暮らしをするように注意はされたが、私を解放してくれた。

私は慣れない松葉杖をつきながら電車で出勤した。


そんな状態を、母も三年間は我慢して見守ってくれていたが、当然のことながら心配もしていた。

週末は、平日使い切った分のエネルギーをチャージすべく、寝続けた。買い物に行くとか、友人とゆっくり会うといったことも億劫になり、会員になっていたスポーツジムにも、余裕がある時だけしか行かなくなった。

「いろいろ買い出しがあるから、ちょっと付き合ってくれない？」

そろそろ本格的な春がやってくるといった頃、三月も半ばになろうとしているある週末に、母から買い物に誘われた。

大手のスーパーは駅のそばにある。家から駅までは歩いて一キロ弱くらいの距離だ。普段の通勤にはバスを使っていたが、休みの日に駅周辺まで行く時は、歩くか自転車だった。

この日、母と私は住宅街の裏道を歩きながら、スーパーに向かった。

「いい香りね、沈丁花。私はやっぱりこの花の香りが一番好きだわ。もう春ね、咲希」

「うん」

「見て、あそこのきれいなピンクのカイドウ。だいぶ開き始めたわよ」

「うん」

「……。ちょっと、あなた大丈夫なの？」

「へっ、なにが？」

「なにがって……」

特に何か悩みがあったわけでもなかったが、花の色がどうとか、香りがどうとか、そういうことはなんだかどうでもよかった。母はよく「うちには親父が二人いるみたいだわ」

と言ってこぼしていた。平日は仕事や接待や飲み会で帰宅が遅い日も多かったが、週末家でゴロゴロしている娘の姿は、母の目には抜け殻のように映っていたのだと思う。ネジをいっぱいに巻いたおもちゃが、月曜日の朝から活発に動き出すものの、一週間を終えるとばたっと止まってしまう。まさにそんな感じだった。

それでも私は、充実していると思っていた。

「きれいなものをきれいだって感じないなんて、どうなのかしら」

母は、その時の私の状態を具体的に肯定も否定もしなかったが、きっと複雑だっただろうと思う。

人生に失望し、挫折を味わった娘に打ち込めるものがあることは、親としてほっとした面はあっただろう。けれど、本来人の持つ感受性を失わせたくはなかったに違いない。

三年でこのようなペースを作ってきてしまったのも自分だが、実際私自身も、高速道路でアクセルを踏み続けているような感覚を感じ始めていた。

やればやるだけ、がんばればがんばるだけ、それが当たり前になり、スタンダードになった。

（きれいなものを、きれいだと感じること、か……）

少しずつ、このままじゃいけないと思うようになった。打ち込めるものがあることに満足はしていたが、きれいなものを視覚でとらえても、それが心にまで届かないのが自分でもわかったからだ。

ちょうどその頃のことだ。

私が勤務しているビール会社では、アメリカ本社から送り込まれている駐在員たちがきまって乗っている車があり、その車に何度か乗せてもらううちに、私自身がその車に魅かれるようになっていた。

「Do you like this car?（この車、気に入った？）」

社外会議に出席するため、あるアメリカ人の車に同乗させてもらった時のこと。車内をきょろきょろ見回し、隣の運転席のインパネ部分を覗き込んだりもしていたので、私がいかにも気に入った風に見えたのだろう。

「If you like this, I can show you the best dealer.（もし気に入ったんだったら、一番いいディーラーを紹介してあげるよ）」

そう言って、メモにディーラーと担当者の名前を書いて渡してくれた。

私はもともと車も運転も好きだったので、実家に戻ってからもよく運転はしていたが、

その車は所詮父の車。気兼ねもあった。確かに、自分の車があったらいいなと思ってはいたが、当初買うつもりなど毛頭なく、

「Oh, don't encourage me to buy, but thank you.（もう、けしかけないで。でもありがとう）」

そう言って、そのメモをバッグに入れた。

だがその週末、私はディーラーにいた。

買うつもりがないのだから、そのメモは、引き出しの奥にしまい込んでも構わなかったのだけれど、外出するついでにちょっと足を延ばして覗いてみようかなという気になったのだ。

ショールームのセンターに展示された、ピカピカに輝いた赤のラングラーにまず目がいった。（素敵……）働きづめの乾いた感覚に、車のショールームの空気は新鮮だった。

その奥に、ベースが紺色でドアの下に赤いラインが入った、ボーイッシュでスポーティーなジープチェロキーがあった。

「いらっしゃいませ、お客様。どうです？　よろしければ試乗なさいませんか？」

「いえいえ、試乗なんて。ちょっと見に来ただけですから」

（わー、話しかけられてしまった）

単に冷やかしに来ただけなので、店員と話し込むつもりはなかった。

「チェロキーは視界もいいですし、運転がお好きであれば楽しい車ですよ」

（視界？）

私は、視界という言葉に反応した。きれいなものをきれいだと感じる、忘れていた感性を取り戻したいと思い始めていたからだ。

「一度、お乗りになってみたらわかると思いますよ！」

「いいえ、知り合いが結構この車に乗っているので、大体はわかってるんです」

「ご自身で運転されると違うものですよ。お時間があれば、試しにお乗りになってみては？」

（私に時間があるって、なんでわかっちゃったのかしら）そう思いながら、「いえ、でもー」「別に乗りに来たわけではないので」などとあれこれ躊躇していたら、その店員が急にその場を離れた。そして、少ししてキーを持ってやってきた。

「お客様、今、試乗可能です」

「えっ、今ですか？」

「はい、そうです。せっかくいらしたんですから、乗って楽しんでいってください！」

もうこうなったら、言われるがままだった。私はその店員について外に出て、ジープチェロキーに乗り込んだ。

「わっ、高い！」

馬に乗ったと言ったら大袈裟だが、車内から見る視界が本当に違った。

一目惚れではなく、一乗惚れだった。フロントガラスから見える視界も、エンジン音も、お尻から伝わってくる振動も、すべてが心地よかった。なんだか胸がすっとした。

その場で契約。その時の私にとっては冒険、人生初の大きな衝動買いだった。

父からは、貯金は車なんかに使わず、次の結婚資金にしておくべきだとか、助手席に座らせてくれる相手を探す方が先だとかいろいろ言われたが、私は大満足だった。働くモチベーションもキープできた。

その後私は、時間が取れた週末には、スイッチを完全オフにするのではなく、別モードに切り替えてチェロキーを走らせた。バーベキューセットも揃えて、友人たちとの時間も復活させた。

仕事一色だった私の生活にも、ようやく少し別の色が付き始めた気がした。

3章　二度目の結婚

不思議な縁への導き

「恐らく栄養失調ですね」

医師は私の皮膚を何度かつまんで、そう言った。

(この時代に栄養失調⁉)

耳を疑った。念のため血液検査もしてもらい、後日はっきりしたことだが、本当にそうだった。

アメリカ本社VIPグループの何度目かの日本滞在を無事に終え、彼らの出国を見送った後、ホテルの事務局の片づけを済ませ、社に戻った。事務局から持ち帰ってきた機材や書類などの整理、関係先への挨拶や報告、不在中に溜まった書類の対応等々に追われたが、どうも具合が悪くて、その日私はほとんどの仕事が思うように捗らなかった。

「調子が悪い」と早退し、かかりつけの医師を訪ねた時に言われた言葉が、栄養失調だったのだ。しばらく栄養バランスが崩れていた上に、ホテル滞在中の、明らかな栄養及び水分の欠乏が原因だろうとのこと。

そのまま点滴をされた私は、天井を見ながら、自分が言ったことは正しかったと思った。

　二日前の夜中の二時近く、私はホテルの事務局で、

「I will quit.（私、もう辞めます）」

　と、副社長に辞意表明していたのだ。


　最終日のラップアップミーティング向けのパワーポイントの資料を作成していた私は、度重なる修正にも対応し、最終的に夜中の一時頃にようやく完成させた。

「OK, finished!（よし、終わった！）」

　私と、そばで確認作業をしていた副社長とで親指を立て、ようやくパソコンを閉じ、各自部屋に戻った。シャワーだけでは疲れがとれない気がして、ゆっくりとバスタブに浸かった。持参していたスエットに着替え、前髪にカーラーを巻いてベッドに入り、眠りについた。が、しばらくした頃、部屋の電話が鳴った。

「Sorry, Saki, but we have another correction. Could you please come to the office?（サキ、申し訳ない。また別の修正が入ったんだ。悪いが事務局に来てもらえないか？）」

「What!?（なんですって!?）」

私は前髪にカーラーをつけたまま、スエットのまま、スリッパのまま、コンタクトをはずして黒縁のメガネをしたまま、エレベーターに乗り別の階の事務局に向かった。

既に事務局にいた副社長は、私の姿と怒りの形相を見て、本当に申し訳なさそうに充血した目で何度も謝り、私が怒るのも無理はないと言った。彼も数日充分な睡眠がとれていなかった。

「It's overwork for me.（これは限度を超えてます）」

「I know you have too much work. But we are all counting on you.（君が仕事を抱え過ぎているのはわかっているよ。でもみんな頼りにしてるんだ）」

「You know, it's as same as Beijing conference. You said same, "Sorry, Saki" at the hotel.（北京の会議でも同じ状況でしたよね。ホテルでも、同じことを仰いました。申し訳ない、サキと）」

「For a long time, nothing has been changed.（長い間、何も変わらずにきました）」

北京でアジア会議があった時にも同行し、資料作りやスタッフの対応に追われた。この時、日本からのアシスタントが私一人だったので、いつも以上に疲弊したが、その時私の勤務体制を考えてくれると約束したままだったのだ。

「Sorry, but I will quit.（申し訳ありませんが、私、辞めます）」

やればやるほど仕事が増える。

車を買っても、根本的な問題は変わらなかった。

細心の注意を払い完璧にできたとして、最初は「Good job.（よくやった）」と褒められ、以降はできて当たり前になる。すべての仕事を完璧に続けなくてはならないとすると、私はいったい、いつこの深く踏み込んだアクセルを緩めることができるのだろうか。

仕事は裏切らない、そう思っていた。だが、

（このままアクセルを踏み続けられない）

私の気持ちはそう変化していった。


縁というのは本当に不思議なものだと思う。

その後なんと私は、我が愛車であるジープの会社に転職することになった。

再びアメリカの会社で、アメリカ車の輸入販売会社の副社長秘書をすることになった。

技術部門を担当していたアメリカ人の彼は、三年以内には定年を迎えるということだったが、髪がかなり白く、実際の年齢より老けて見えた。

面接試験の際の、彼の面接のテンポの良さは、強く印象に残っている。過去の履歴や職務に関するお決まりの一連の質問の後半、趣味の話になった。

「Do you have any favorite things to do?（あなたは何か好きなことがありますか）」

「Yes, I love driving especially in the nature, but since I bought the car, I can hardly find time to drive due to my busy work.（はい、運転することがとても好きです。特に自然の中のドライブはいいですね。ただ車を購入したものの、仕事が忙しくて運転する時間がなかなかとれないんです）」

「That's too bad. What do you drive?（それはよくないね。で、何を運転していますか?）」

「My car is Cherokee.（私の車、チェロキーなんです）」

緊張が少し和らぎ、私は微笑んだ。

「From tomorrow, you can drive it whenever you want, and you can fix your car in our vehicle preparation center.（明日から、君は好きな時に運転して構わないし、君の車はわれわれの整備センターでメンテナンスしなさい）」

彼はそう言って、私にウインクした。

「Done!（おしまいだ）」

これで面接終了。

面接室のドアを開けて部屋を出た私に、人事部の担当者が、「結果は後日お知らせしま

す」と、声をかけてきた。すると、私の後ろから出てきた上司となるアメリカ人が、彼の背中をぽんと叩いて、

「Let's make an employment contract. Get her signature now.（雇用契約を結んで。今、彼女のサインをもらってくれ）」

そう言って、私に二度目のウインクをした。

一ユーザーだった私は、社員になった。

新しい職場は、ワークライフバランスが取りやすい、働きやすい環境だった。

私の上司になった人は、もともとイギリス人でアメリカに帰化したというバックグラウンドを持っていた。彼の独特な英語には苦労したが、プライベートの時間を大事にしなさい、その時間が働く原動力になるのだという信条を持つ人だった。お陰で夜は家で夕食がとれ、読書の時間も友人と電話する時間も作れた。それに、休日にはチェロキーを走らせることも、友人と映画を観たりする余裕もできた。

きれいな花を見ればきれいだと感じるようになった。

何より愛車のメンテナンスは完璧だった。

新しい職場で私のお世話係になってくれた先輩は、私より六歳も年下の女性だった。小柄で可愛らしく、活発。かつ面倒見がいいので、周囲からはいつも重宝がられていた。

その年下の先輩ユキちゃんは、何がどこにあるとか、あの部門は主にこんなことをしているとか、あの課長はあー見えて甘い物に目がないとか、毎日私にあれこれ教えてくれた。

業務の合間にちょっとしたプライベートな会話をしながら少しずつ仲良くなってくると、彼女は私を「おやっさん」と呼ぶようになった。

「なんで私がおやっさんなの?」

「だって、咲希さんの行動パターン、おやじみたいなんだもん」

自分では自覚がなかったが、きっと言い得て妙だったのだろう。

「新しくできたサンドイッチ屋さんにみんなでランチしに行くんですけど、一緒に行きません?」と誘われても、面倒だったり、食べたい物が別にあると、「私はいい。今日、ラーメン食べたいから」と、一人でふらっと出て行き、小汚いラーメン屋で一人お昼を食べたりしていたし、ユキちゃんと一緒に飲んだ時には、「なんで結婚しないんですかー」と聞かれて、「もう男には懲りたのよ」などと言いながら、グラス片手に時たま鼻から煙を出したりもしていたからだろう。

　私におやっさんと命名したユキちゃんが、梅雨も明け、夏もこれから本番という頃、お誘いの声をかけてきた。

「おやっさん、今度の月曜日の夜、空いてません？　私が以前勤めていた会社の男性の先輩と、その友達とで食事に行くんですけど、付き合ってもらえませんか」

「えー、月曜日から？」

　月曜日は正直面倒臭かった。

「なんで月曜日なのぉ？　私が行かないとだめ？」

「だめー。おやっさん入れてちょうど四人なんですから」

　職場に男性はたくさんいたし、離婚してから、誠実で信頼できる男性社会人もたくさん見てきた。

　最初の結婚から八年経ち、私は三十三歳になっていた。離婚訴訟が終わってから約五年が経過したが、依然、誰かとお付き合いしたり、結婚したりするつもりはなかった。

「ユキちゃんの周囲にもっと若い女子、いるじゃない。若い子誘えばいいじゃない、若い子」

「みんな、都合悪いんですよ～。おやっさん、お願い！」

ユキちゃんは、私の顔の前で手を合わせた。

(やっぱり人数合わせか。うーん、面倒臭いけど、しょうがない。ユキちゃんには入社以来お世話になっているし、ここまでお願いされたら付き合うしかないか)

こうして私は、ユキちゃんの設定した食事会に同席することになった。

「誰ともお付き合いしてないんだって?　いい年頃なのに結婚とか考えないの?」

そうストレートに聞いてきたのは、その食事会に来た男性、二歳年上の今の私の夫、翔太だ。

六本木の交差点で待ち合わせをして、イタリアレストランでたらふく食べ、踊り好きのユキちゃんに強引に連れて行かれた、サルサの踊れる店の中での会話だった。

私も翔太もサルサなんて踊ったことがなく、はじけて踊るユキちゃんと、それについていこうとする翔太の同僚を横目に、丸いテーブルを挟んで二人だけで話をした。

結婚に失敗し苦い経験があるので、二度と結婚するつもりはないことや、男性を拒むつもりはないけれど、人生を共に歩むパートナーとしての男性は自分には必要ないと思っていることなど、気づくとざっくばらんに話していた。

翔太だってその時は三十五歳、いい年頃だった。感じだって悪くないし、むしろスマートに人の話が聞ける、清潔感のある人に見えたので、仲の良い女性の一人や二人、もしくは結婚を前提に付き合っている人でも当然いるのかと思っていた。

だが話を聞くうちに、どうやら翔太も過去に苦い経験をしたようで、それがまだちゃんと消化できていない状態だということが推察できた。

「男友達もいらないの？」

そう翔太が聞いてきた。

「いいえ、むしろ友達なら歓迎です。私は男女の友情はあり得ると思っているし、意見を交わせる男友達の存在は、女一人で人生歩むとしても大切でしょ」

翔太は「そう」とだけ言って、にっこり私に微笑んだ。

再婚

以来時々翔太から電話がかかってくるようになり、お互いの邪魔にならないように、話をするようになった。人はちゃんとお付き合いしてみなければわからないし、ただ電話で話をする程度の関係であれば、いくらでも取り繕えるものだと思っていた私は、翔太のことも、単にひととき接点を持った人で終わるだろうなと思っていた。

最初はお互いの仕事の話が中心だったが、そのうちに家族の話や趣味の話、学生時代の話と、多岐に亘って話をするようになった。

不思議となんの衒《てら》いも飾りもなく話ができた。俗に言う波長があうという状態だったのかもしれない。

「せっかくだったら、電話じゃなくて、今度美味しいものでも食べながら話をしない?」

翔太と会ったのが夏の初め。季節が変わった秋になってから、翔太に誘われた。ここ何年も、仕事関係以外で男性と二人で食事をした記憶がなかったが、この時私は前向きな返答をした。

私の過去や、誰ともお付き合いする気がないことを知っていてくれることが楽だったのだ。

「ごめん！　お待たせ！」

そう言いながら待ち合わせ場所に、ほんのタッチの差で遅れてきた翔太は、真っ白なシャツにベージュのチノパンという出で立ちで、息を切らしながらも満面の笑顔でやってきた。

お互い何もない週末、せっかくだったら昼間少し遠出をしてからにしてはどうか、という翔太の提案を受け、八景島あたりまでドライブをして鎌倉で食事をすることにした。

車の中でも、八景島でも、レストランでも、自然に話が弾んだ。新しく出会った異性とちゃんと向き合って話すのは、何年ぶりだっただろう。翔太とは同志のような、とてもいい友達になれる予感がした。

その後話をする中で、翔太はなかなかの苦労人ということがわかった。幼い時に両親が離婚し、母親の女手一つで育て上げられた彼は、男三人兄弟の末っ子だ。仕事をしていた母親に代わって、母方の祖父母によく面倒を見てもらっていたらしい。

私が、離婚という体験について話すうちに、翔太も自分のことについて話すようになった。

母親の仕事をがんばる姿から、人とは異なる自身の家庭環境を意識してきたこと、大人になる成長過程の節目で、父親不在という家族の構図に気持ちが揺れたこと、また父親に対する思いや、父性についての考え等、今までどんな思いを持ちながら生きてきたのかを話してくれた。

長い間結婚を前提に付き合ってきた女性との破局という、苦い経験があることも知った。

（この人、ふつうに幸せになれそうな人なのに）

その時私は、「大丈夫、絶対いいご縁があるって」と、翔太を励ましたが、翔太も私に同じようなことを言って励ましてくれた。

以来、何かと理由をつけてはお互いコンタクトを取り、会う時間を重ねた。

翔太は、私が学生時代から交流があった同世代の異性のタイプとは違っていた。守られた環境で、困った時にはどこからともなく手が差し伸べられるような、いわゆる都会のシティボーイとは違い、苦労を経験している分だけ、逆境や困難に負けない、打たれ強さがあった。

翔太の両親は二人共既に他界していたので、お会いして私のことを認めていただくという経緯は踏まなかったが、私の両親は、翔太のことを「気骨のある若者」だと気に入り、すぐに打ち解けた。

私の家にも頻繁に遊びに来るようになった。そのうちには、家で一緒に食事をしてお酒を飲んだ後はその辺に転がって寝てしまい、泊まっていくようにもなったし、親戚の会にも翔太を連れていくようになった。そこで、翔太の一番のファンになったのは、私の母方の祖母だった。

当時、八十五歳を越えた祖母は、徐々に全身状態が衰え、人と話をするのも大儀そうな日々を送っていたが、翔太と会うと背筋が伸び、いきいきと昔話を始めたのには周囲も驚いた。

祖母は、翔太と会った直後に入院することになったが、翔太は私がいなくても、時間をつくっては一人で祖母を見舞ってくれた。病室では、祖母が差し出すしわくちゃな手を握りながら、祖母の華やかだった妙齢の頃の話を聞いたりしてくれた。病室を出る時には、祖母との握手が習慣になった。

ちょうど桜の季節が近づいた頃、桜が大好きだった祖母は満開の頃の退院をめざし、翔太とお花見の約束をした。けれど祖母の体調は良くならず、退院の目処も立たなかった。

このまま祖母は、桜を見ることなく旅立っていくのかと周囲も私も寂しくなっていた頃のことだった。

翔太が一人で、病室に桜の木を持っていってくれた。

ちょうどいい大きさの桜の木を探してくれていたらしいのだが、仕事の途中に、ある花屋でそれが目に留まり、昼休みを利用して病室に届けてくれたのだった。

残念ながら私はその時病院にはおらず、祖母の表情を見ることはできなかったが、後に看護師から、

「おばあさま、目を細めて、嬉しそうに、じーっと見てらっしゃいましたよ」

と、その時の祖母の様子を聞いた。

（翔太と人生を歩んでいこう）

私はその時にそう決めた。

そして、私は翔太からのプロポーズを受け、一九九九年の春に結婚式を挙げた。その時翔太三十七歳、私三十五歳だった。

仕事を続けながらの結婚生活が始まった。

トラウマに悩まされることに

本来であれば結婚前に婦人科検診をすませておくべきだったが、仕事の忙しさにかまけてタイミングを逃した私は、結婚後に、あるレディースクリニックの門を叩いた。

妊娠・出産について問題ないかという機能的なチェックをしてもらおうと思ってのことだった。友人から紹介されたこのレディースクリニックは、男性の医師一人で女性特有のさまざまな症状を診察し、待合室は若者から年配者まで、幅広い年齢層の女性たちでいっぱいだった。

二十代の半ばに子宮筋腫の手術をしていた私は、以降、何度か定期検診は受けていたし、産婦人科に通うことにそれほどの抵抗はなかった。

「子宮は正常ですよ。左の卵巣には小さな皮様嚢腫がありますが、心配には及びません。これはタンパク質のかたまりで、妊娠にも問題ありません。ただ、歳を重ねていくにつれ癌化する可能性もありますから、定期検査はしていった方がいいでしょう」

と、医師は私の体の状態について説明をしてくれた。

「ところで永森さん、お子さんの計画は？」

「欲しいとは思っています。ここ一〜二年くらいで自然にできるのかなーなんて思ってはいるんですけど。ただ仕事も忙しくて」

ホルモンのバランスをチェックする血液検査の後、たくし上げたブラウスの袖を下ろしながら、自分の返答になんの疑問も持たず、さらりと受け流した。

子どもは自然にできるだろうと思っていた。

日常を健康に過ごし、風邪くらいはひくけれど大病もせず、仕事と家事の両立という多忙な日々をこなす体力もある。自分さえその気になれば子どもはできると信じていた。

だが医師は、

「あまり、悠長に構えていられない年齢ですよ。早いにこしたことはない」と言った。

当時の私は、その言葉に特別危機感を感じることはなかった。

（歳を取ってからの出産は大変なんだわ）程度に思ったのだ。

当時、基礎体温もつけていなかった私は、まず基礎体温をしっかりつけ、定期的に見せるように言われた。

後日聞きに行った血液検査の結果を見ると、ホルモンバランスにも特に異常はなかった。だから、排卵時期に夫と関係を持てばそのうち妊娠すると思っていた。

この時はまだ、焦りも不安もなかった。

それよりこの時期、私にとっての不安は、もっと別のところにあった。


外資系企業で、日本の総輸入販売元の営業統括をしていた翔太は、北海道から九州まで、会社の拠点やら代理店を訪問する出張が多かった。

お互い仕事を持ちながらの新婚生活のスタートは、想像以上に慌ただしかったが、それでもそれなりに二人の時間を積み重ねていた。

結婚した翌年の夏の初めには、富士山登頂も果たした。雨、風、霧の中の登山で、少々薄着だった翔太は寒さに参り、酸素を吸っていたにもかかわらず酸欠になった私は頭痛に悩まされた。一泊した山小屋では、濡れた衣服を乾かすためのロープの下に身を横たえ、少々湿ったような布団で寝るという状況にこれまた参ったが、その山小屋で出された夕食の温かいカレーが、私たちに登り続ける力を与えてくれたという思い出もある。

二人で大きなチャレンジを成し遂げた思い出。表向きそんな時間を過ごしながらも、私の中には、もやもやした何かがあった。新婚生活が少し落ち着いてきた頃になってから、そのもやもやが少しずつ頭をもたげてきた。

仕事だとわかっていても、翔太の口から「出張」という言葉を耳にすると、私の心はざわついた。

夜遅くに、ダイニングテーブルの上に置いてあった翔太の携帯が振動した。

翔太はその携帯を手に取ってちらっと見てから、その電話を取らずに、ブリーフケースの中にしまった。

「電話、受けなくていいの？」

「うん、いい」

この頃翔太は時々、鳴っている電話を見るのに取らないことがあった。

（本当は出張なんかじゃなくて、出張と称して誰かと会っているのかも）

そんな思いが頭をよぎるようになった。

しばらくしたある休日、サイドボードに置いてあった翔太の携帯がまた振動した。

たまたま翔太はそこにいなかったので、私は恐る恐る動いている携帯に近寄ってみた。

すると、着信ディスプレイに「泉美」という名前が見えた。

（誰これ？　なんて読むの？　イズミ？　女性の名前？）

翔太の携帯の向こうにいる、この美しい名前の人物を想像した。

時々電話が鳴っても翔太が出ずにはぐらかしていたのは、この女性のせいだったのだ。休みの日の昼間までも電話をしてくるなんて、どんな関係なのだろう。

（出張先で出会った女性？　きれいな名前だし、京都かどこかのお店の人？　だから翔太は京都の出張が多いの？）

翔太の行動が、元夫、拓真の行動と重なっていった。

（翔太は違う。拓真のような人じゃない）

私の半分はそう思い、もう半分は違った。

（また過去と同じことになるかもしれない）

翔太に直接聞いたところで、正直な答えが返ってくるわけではないだろう。私が何か感づいているんだということを、知らしめるくらいが関の山だ。逆に、もし事実でないとしたら、私の愚問は翔太を傷つけるし、私が翔太を信じていないことになってしまう。

私は何もできないまま、不安定になった。平静を装った暮らしをしながらも、翔太に対する猜疑心が徐々に膨らみ、間接的に翔太にあたるようになった。

基礎体温を見せにいかなくてはならないレディースクリニックからも足が遠のいた。以前処方してもらった漢方もとっくになくなっていたが、追加で処方してもらいに行く気にはなれなかった。

少しでも妊娠に近づくべき年齢だったのに、そんな心の状態ではなかった。妊娠より、パートナーへの信頼の問題が目の前にあった。

翔太が出張に出かけたある夜、どうにも不安になり、理由をつくって出張先の翔太に電話をした。電話に出てもらえないとわかると、何度も繰り返し発信した。

結局翔太から折り返しの電話はなく、ほとんど眠れないまま朝を迎えた。

翌日は、晴れない気持ちで終日仕事をこなした。

その夜帰宅した翔太に、私は開口一番、「なんで電話をくれなかったの？」「どこで誰といたの？」と詰め寄りたかったが、それができずにいた。

翔太は私と目を合わせず、しばらく黙りこみ、顔を紅潮させながら、

「ストーカーみたいなマネはやめてくれ」と言った。

冷静な物言いだったが、怒気に満ちていた。

私が質問できたのは一言だけ、「誰といたの？」

「はっ⁉　何言ってんだよ。担当者が新しくなったから顔合わせの意味もあって、得意先から接待を受けてたんだよ。役員も参加したから、二次会、三次会って流れて、ホテルに帰ったのはすごく遅い時間だった」

翔太は鈍感な方ではない。

恐らく私の中に生まれた翔太への猜疑心を、早々に感じていただろう。

信じたい。

でも、だけど。

どう信じていいかわからない。

(助けて)

曇りのち晴れ

仕事から帰宅してパソコンを開き、インターネットでさまざまな言葉を打ち込むうちに、ある臨床心理士のカウンセリングのサイトにたどり着いた。

心の問題に精通している人に会ってみたかった。

訪ねてみることにしたその相談機関では、所属している臨床心理士のカウンセラーがシフトを組み、夜十時まで予約を受け付けていた。翔太に内緒で仕事帰りに立ち寄れるのは、私にとって好都合だった。

見ず知らずのそのカウンセラーに、自分のことを話すことから始まった。そのカウンセラーは、今の状態や気持ちを、わずかな言葉で私から少しずつ引き出していった。

最初は、(私のことを何も知らないこのカウンセラーに、ちゃんと理解してもらえるの?)と思ったり、なかなかアドバイスをもらえない会話の中で(なんで私ばかりが話しているの?)などと思ったりもした。私のことをよく理解してくれている友人たちに話した方が、いいアドバイスをもらえるんじゃないかと思ったりもした。

だが数回通ううちに、私自身の考え方の傾向に気づいたり、頭の中で絡まっていた糸が少しずつほぐれていくような、そんな感覚になっていった。

自分の頭の中だけで考えている時は、その考えは堂々巡りで終わっていたのに、自分の気持ちを言葉にして発すると、耳が改めてそれを聞き直しているような気がした。

どう解決するかは別にして、自分のことが客観的にわかってきたのだと思う。

だから、私は通った。公私共にやるべきことが一気に増える、一年で一番忙しない師走の、しかも寒い日の夜にも通った。

除夜の鐘が百八回つかれるのは、人の百八ある煩悩を祓うためとされている。人の心を惑わせたり、悩ませ苦しめたりする心の動き、煩悩が百八もあるとされているわけだ。人間とは、なんと業の深い生きものなのだろう。

除夜の「除」には、古いものを捨てて新しいものに移るという意味があるようだが、この時ほど、自分の中に根深く残る過去と今の煩悩が、鐘の音と共に消え去ることを強く願った時はなかったように思う。

私は、お正月に年賀状を交換する習慣が好きだ。

自分だけでなく、みんなが公平に気持ちを新たにする時を与えられ、新しい一年をどんな風に過ごそうとしているのか、小さな葉書から刺激をもらえるからだ。

翔太宛てのもの、私宛てのもの、二人宛てのものと、届いた年賀状を仕分けしていた時のことだった。

「藤原泉美」という人からの、翔太宛ての年賀状が目に留まった。

(泉美？　あの泉美？)

「いつも勤務時間外に、電話やメールでお邪魔してしまいすみません。今後はなるべく自分で考え、自分の力で問題に取り組み、ご迷惑かけないようにしたいと思います。今年もどうぞ宜しくお願いします」

と、書いてあった。

(会社の人……!?)

さりげなく翔太に聞いてみた。

「この藤原さんって人、翔太の会社の人？　女性社員？」

「あー、そいつね。いや、男。社内に藤原がもう一人いるから、みんな下の名前の『イズミ』って呼んでるんだけどさ。『泉』だけじゃなくて『美』って字も付くから、たしかに女の名前みたいだよな。イズミはまだ若くてさ、何かあると自分で考えないで、すぐ俺に頼るんだ。電話やメールもしょっちゅうだしさ。人に聞く前にまずは自分で考えてみろって、前から注意してんだけどね」

(…………)

美しい名前の京都の女性に怯えていた私は、唖然とした。人の思い込みとは、なんて怖いものなのだろう。

(ごめん、翔太)

結婚から約二年経ち、曇っていた私の視界は、ようやく晴れ始めた。

結婚以来、子どもを持つことを避けていたわけではない。自然にできれば、それはそれで新しい道だと思っていたが、トラウマを抱え、積極的にはなれない自分がいた。翔太に対する猜疑心がなくなって初めて、遠くにあった理想の家族像が、ようやく身近に感じられるようになった。

幼い時から漠然と頭の中にあった、一人、二人と増えていく、そんな賑やかな家庭像だ。

私たちの子どもが欲しい、と心からそう思うようになった。

翔太も同じ望みを共有した。

チャンスは月に一度。私たちは、排卵検査薬も使いながら、子どもを持つために具体的な努力をすることにした。

だが、妊娠することなく瞬く間に数か月が過ぎた。

(やっぱり忙しすぎるのかな)

日々、朝、満員電車に揺られてから帰宅するまでフル回転。

家事はできる方がやるという暗黙のルールで暮らしていたが、翔太は帰宅が遅かったので、家事はどうしても私になった。

帰りは開いているスーパーに駆け込み、帰宅後は座る暇なく夕食の支度。いったん腰を下ろしてしまうと、もう動けなくなる気がした。お惣菜は時に便利だけれど、続くと飽きる。手の込まない簡単なものでも、支度は支度。片づけを含め、私たちの一日が終わるのはいつも遅かった。

いつも溜まった疲れを持ち越しているような感覚だったので、妊娠しないのはそのせいだと思い、結婚直後に訪れたレディースクリニックをもう一度訪れることにした。

「随分時間が空いちゃいましたね。どうしてましたか。ようやくその気になった？」

医師は、私のカルテを開きながら言った。

「ええ。今まであれこれと。仕事も忙しかったものですから。先生、私たちそろそろ子どもが欲しいと思って計画的にがんばっているんですけど、なかなか妊娠しなくて」

「結婚してどれくらいになりましたっけ？」

「約二年になります」

「もう二年になりますか」

「ええ。仕事でもストレスがありますし。ホルモンのバランスでも崩しているような気がするんですけど、診ていただけますか」

「今お歳はおいくつになるかな。あっと、三十七歳ですね」

「はい」

私は、医師に診てもらい、ちょっと薬でも飲めば、すぐに妊娠できると高を括っていた。

「左の卵巣にある皮様嚢腫の件は、以前お話ししてますね。持っていても問題ありません」

「妊娠に影響ないと思っていいでしょうか」

「ええ、妊娠は可能ですよ。皮様嚢腫を持ったまま妊娠出産される方はたくさんいらっしゃいますからね。ただ、経過は診ていかなくてはなりません。では、タイミング療法から試していきましょうか」

タイミング。

性交渉のタイミングということだ。

子どもではないのだから、タイミングくらいわかると思ったし、夫婦の秘め事である性生活について医師からその指導を受けることに、最初はかなりの違和感と抵抗感があった。

しかし、卵子を包む卵胞という袋の成長度合いを計測しながら、排卵の時期を推測することがいかに重要なことか、私は徐々に理解するようになった。

卵子が生きて生殖能力があるのは、たったの二十四時間。精子の生存日数は、五日間ほど。排卵日をゼロとすると、マイナス五日までの六日間が妊娠しやすい、ということになるわけだ。

胸が張ってきたり、人によっては下腹部が重くなってきたり、排卵に向けてなんらかの兆候がある人もいるが、まったくない人もいる。

いくら排卵検査薬など使ったとしても、その時の体調や精神状態によって変動もあり、排卵日を明確に断定するのは、実はそんなに容易いことではないのだ。

雌の猿は、排卵日が近くなり発情すると、顔やお尻を赤くして雄にサインを送る。

なんてわかりやすいのだろう。

4章　子どもが欲しい

私は不妊なの？

私たちはこうして、最初、投薬のない自然な状態のタイミング療法を試すことになった。

月経十～十二日目あたりにクリニックに行き、卵巣の中の卵胞がどのくらい成長しているかを超音波で計測したり、尿検査をしたり、頸管粘液の分泌の増加を調べたりした。卵子はこの卵胞という袋に包まれ、卵胞液の中に存在する。卵子が成熟すると卵胞液が増えて卵胞自体も成長していくが、その卵胞が約二十ミリ前後の大きさになった時が排卵の目安とされている。

私の場合も、卵胞が十八ミリ以上になった頃尿検査をし、排卵を推測して性交渉のタイミングを指導してもらった。

仕事に影響のないように、通院は基本的に週末の土曜日や勤務時間外で都合がつく時とし、それが無理な時にはその周期はあきらめ、私たちなりに努力をした。

この頃の私の職場環境はかなり変化していた。

勤務していた米国系自動車販売会社が、欧州系自動車販売会社と合併したのだ。

合併前は、米国系自動車販売会社の技術部門の副社長秘書だったが、合併相手の会社にも技術部門の副社長とその秘書はいるわけで、全員が継続して同じポジションにつくわけにはいかなかった。

欧州系自動車販売会社の方が、ネームバリューにしても規模にしても、販売台数にしても上だったので、私は新たな会社では別部門の部長秘書となり、秘書業務に加えて部門の予算の取り纏めも担当することになった。

そして、今までついていたイギリス系アメリカ人の上司はちょうど六十歳で定年を迎え、合併を機にアメリカに帰国してしまった。

会社はフレックス制度を導入していたので、部署によってコアタイムが異なった。

私のような職務だと、フレックス制度に沿うというより上司に合わせることになる。私の上司はきっちり九時には出勤していたので、私もその時間に合わせて通勤するようにしていた。

「なんだよ、これ！　あんた、ちゃんと言ったことやんなさいよ！」

（またMさん、やられちゃってる）

周囲もみんな、Mさんに同情的な視線を送っていた、
ほとぼりが冷めた頃、何人かが廊下で声をひそめて話しているのが聞こえた。

「このところMさんだよな。前ターゲットになっていたIさんは、怒鳴られ過ぎて、片耳難聴になっちゃったらしいぞ。気の毒にな」

新たな私の上司となった男性は、優秀だが、何がきっかけでキレて豹変するかわからないようなタイプの難しい性質の人だった。理不尽なことで叱責を受けなくてはならない社員も多く、みんないつも必要以上に神経を使い、部内は重苦しい空気が充満していた。

そんな環境下、調整役として立ち回るのも私の仕事となった。


「排卵はされているんですけどねぇ。卵の発育具合が安定するし、薬を使ってみましょうか」

「はい」

私は即答した。

タイミング指導を受けているのになかなか妊娠しないのは、職場でのストレスも影響し、ホルモンのバランスを崩しているからに違いない、薬さえ使えば、と思ったからだ。

「では、生理五日目から排卵誘発剤を飲んでください。その後の通院は今までとほぼ同じ

です。いずれにしても、生理五日目にまたこちらにいらしてください」

「わかりました。五日目ですね」

(そうは言ったものの、五日目にちゃんと来れるかしら)

その時点では次の生理がいつくるかわからない。しかもそれから五日目。その日のスケジュールによっては難しい場合も想定される。

私はスケジュール帳とにらめっこをしながら、やきもきした気持ちで生理を待った。


生理がきて五日目の通院日。

幸運なことに上司が前日から出張だったので、ほっとした。

(クリニックに行きやすいわ)

秘書にとって、スケジュール確認等の擦り合わせや、自分と上司のメールに目を通す朝の時間は重要だ。朝一番で急ぎの指示が出ることも当然ある。

そのことを考えると、クリニックからオフィスまでは地下鉄で三駅と近かったが、朝通院することによって出勤時間が遅れるのは気が引けた。

だが上司が不在であれば、朝一番で擦り合わせをする必要もなくなる。

フレックス制度を導入しているオフィスということもあったし、この日はいつもの出勤時間より三十分程度遅れたくらいだったので、周囲から見てもそう目立ちはしなかった。

その日は内診をし、子宮や卵巣の状態を確認してから排卵誘発剤が処方された。

「今日から五日間服用して、また生理十一日目に来院してください」

「わかりました。先生、十一日目の通院は夕方でもいいでしょうか」

「いいですが、夕方は五時までなんですよ。それまでにいらっしゃれますか」

「五時までですか……。うーん、ちょっと難しいかもしれません。午前にするか午後にするか、考えてみます」

五時までにクリニックに行くつもりにしていても、仕事の状況によって行けなくなる可能性の方が高かったので、生理十一日目も朝通院することにした。

その日は、上司に朝理由は告げず、少し遅れるという連絡を入れ、九時半少し過ぎた頃には出勤できた。その二日後にも診察を受ける必要があったが、ちょうど土曜日だったので、出勤に支障なくクリニックに行けた。

薬も飲み、卵子が入っている卵胞の大きさまで診てもらいながらのタイミング指導。私はわくわくしながら妊娠を待った。

だが、妊娠することなく、また生理がきてしまった。

抗生物質はウィルスを殺し風邪を治してくれるし、熱冷ましは熱を下げてくれる。排卵誘発剤は排卵を促し、妊娠できるものではないのか。私はがっかりした。

がっかりはしたが、

（きっと薬を飲み始めたばかりだからに違いない。次は妊娠するはず）

そう自分を勇気づけた。

このタイミング療法を続ける合間に、私はいくつかの検査を勧められた。

「不妊治療には必要な検査ですから、やりましょう」

（不妊治療？）

私はそれまで、少しできづらくなっているだけで、自分が不妊だという自覚はなかった。

聞いたことのある不妊という単語。

世の中に妊娠できない人がいるとしても、自分はそうじゃないと思っていた。

自分が望んだ時に、努力をすれば、授かれるものだと錯覚していた。

「先生、私って不妊なんですか？　妊娠できないってことでしょうか？」

「そうですね。一般的に二年間避妊をせずに夫婦生活を営んで妊娠しない場合は、不妊症が疑われます。どこにその問題があるのかを、いくつかの検査で確認していくわけです」

突然突き付けられた「不合格」に、私はかなり動揺した。


卵管に詰まりがないかを調べる卵管造影検査で、私は痛みのあまり倒れた。

この検査は、子宮の形状や、卵管に癒着や詰まりがないかを調べる検査だ。

私が通っていたクリニックでは、状態をより診断しやすくするために、検査前、膀胱に尿をできるだけ溜めておき、それから造影剤を入れ、画像で状態を診断する。

下腹部への圧迫感が段々と強まり、鈍い痛みがずんずんと増していき、生理痛の何倍もの痛みが急激に襲ってきた。

「うっ」

声も出せず、全身に脂汗が噴き出る。

「はい、終わりましたよ。左は若干流れが悪かったけれど、これでしっかり通りましたからね。お小水溜まっているだろうから、トイレに行って構いませんよ」

しばらくベッドから起き上がれなかったが、看護師に支えられながら診察室を出て、トイレに向かった。なんとか用を足し、トイレから出て一人で待合室に戻ろうとした時に、私はそのまま一瞬気を失い、倒れてしまったのだ。あとは、朦朧としていてあまり覚えていないが、他の患者さんが大きな声をあげて私が倒れていることをクリニックのスタッフに知らせてくれたようで、今度は静養室に運ばれ、痛み止めの処置をしてもらい、そこで休むことになった。

痛みも和らぎ、意識もしっかりした頃、看護師が声をかけてくれた。

「ご気分どうですか？」

「はい、もう大丈夫です。ご迷惑をおかけしてすみません。それにしても、こんなに痛いものだったなんて」

私は、ベッドからゆっくり起き上がった。

「この検査の痛みは、人によってまちまちなんですよ。あまり痛みを感じない方もいらっしゃいます。永森さんの場合は、片側の卵管が詰まりかけて流れが悪くなっていたので、痛みが強かったのでしょうね」

検査日を土曜日にしておいてよかった。もし平日だったら、検査後オフィスには行けずじまいだっただろう。

人工授精へ

「フーナーテストの結果があまりいい状態ではないですねぇ」

一連の検査をする中で、医師にそう言われた。

フーナーテストとは、テストの十二時間前くらいまでに性交渉をし、その後、子宮頸管の中の粘液を調べる検査だ。子宮頸管とは、精子が子宮に向かう時の通り道。なんと女性の排卵期には、その子宮頸管の中の粘液が豊かになり、精子が通りやすい状態になる。潮の満ち引きを感じさせる神秘的な体の反応が起こる場所だ。

問題なければ、性交渉の後、その頸管粘液内に精子が存在する。存在していない場合、また存在していたとしても動きが悪ければ、粘液と精子との相性が悪いということになり、精子の旅は実現できずに終わる。つまり妊娠には至らない可能性があるわけだ。

翔太は既に精子検査は済ませていて、問題なく正常だったのだが、今回このフーナーテストの結果があまり芳しくなかったのだ。

フーナーテストで精子が動いていなかったり少なかったりする場合の原因は、女性側に抗精子抗体がある場合もあるが、精子と頸管粘液の適合性が悪いケースや、粘液の粘性が高いケースなどの他、いくつかの要因が考えられる。

いずれにしても、この頸管部分をたくさんの精子が通っていかない限り、妊娠の確率は低くなる。

「永森さん、人工授精に進んでみましょうか。いわゆるステップアップ治療ですけど。フーナーが良好じゃないので、進んだ方がいいと思います」


（人工……）

人工授精という字面が良くないのだと思う。

まずこの医療用語に戸惑った。とてつもなく科学的なものに感じたし、「人工衛星」という言葉とだぶったせいか、宇宙的なものにも感じた。

「人工授精とは、採取した精子をカテーテルという細い管を使って子宮に直接注入する治療法で、あなたのようにタイミング法でうまくいかない場合や、頸管粘液内になんらかの問題があって精子が遡上しない場合に適した治療法です」

医師は、私がそのメカニズムを理解するまで、丁寧に説明してくれた。

最初の、科学的かつ宇宙的といった心象とは異なり、医師の手を借りて、頸管の遡上の部分だけを助けてもらう、自然に近いカタチの治療法だと理解できた。

夫と相談してくると言って帰宅した私は、その夜翔太に、聞いた通り話をした。


子どもは天からの授かりもの。

生命誕生は神のみぞ知る。

いくら文明が栄えても、妊娠・出産だけは人間のアンコントローラブルなものではないかと躊躇する気持ちを、翔太も私も抱えていたのだが、医師の説明にあったように、少し手を借りることで子どもに恵まれるのであれば、その恩恵を被りたいという思いに変わった。


ただ私の日頃の仕事環境を考えると、仕事と両立できるかが心配だった。

人工授精となると、精子を子宮に送り込むという最も大事な作業が加わるばかりか、注射も増える。週末にだけ治療を受けることは到底難しい。出勤が遅くなることや早退も今までより増えることになる。

上司を含め、周りに話した方がよいのか。

そんな疑問が頭をよぎったが、瞬時にその必要性はないと思い直した。次の人工授精で妊娠するなら、周りの人に言うまでもないことだ。その一回限りのことのために、プライバシーをさらけ出すことはない。

（まずは、やってみよう）

　私たちは人工授精を受けてみることにした。


　忙しい日常に加えて、さらにタスクが増えた。

　生理五日目にクリニックに行き、診察と排卵誘発剤の処方。十一日目と十三日目に再びクリニックへ行き、卵胞の発育具合の測定をしたり、尿検査をして排卵を予測する。タイミングが合えばその時に、確実に排卵させるための注射を打つ。そしていよいよ、子宮に精子を注入する人工授精だ。

　夫もその際にクリニックに同行して、そこで採精するケースもあれば、都合がつかない場合には自宅で採精し、試験管を大きくしたようなプラスチック製の容器に保存して、クリニックに持参する。

　人工授精の日は翔太の都合がつかず、後者を選択した。

「精子を入れたこの容器は、どんな風に持って来ればいいでしょうか」

　夫の精子を運ぶという初めての作業に戸惑いながら、看護師の女性に聞いてみた。

「タオル等に包んで持参される方もいますが、基本的には冷やさないようにしていただきたいんです。胸の間に入れてくる方もいらっしゃいますし、お腹と下着の間に入れて、腹巻や毛糸のパンツなどで固定して来られる方もいらっしゃいますよ。人肌が一番いいんです」

（みなさん目に見えないところで、いろいろ工夫されてるんだわ）

と、妙に感心しながら聞いていた。

秋も深まる頃だったので、私はお腹と下着の間に挟んでストッキングを穿き、その上に腹巻をするという形態をとった。

大金ではないけれど、夫から託されたとてつもなく大事なものを運ぶ緊張感と、肌身離さず運ぶことで、翔太とは一蓮托生、同胞意識が強まった。

こうして、一回の周期に、最低でも四～五日は通院に費やさなくてはならなかった。

生理五日目の通院時は予定時間に終わり、出勤はさほど遅れずに済んだ。十一日目の診察は、朝九時半を回ってしまい、体調不良だったため少し遅れるという理由で上司に連絡した。そして十三日目も早退できるスケジュールではなかったので、同じく朝通院。体調不良が続き病院で診察してもらうという理由で遅刻した。続く人工授精の日は中途半端になるのも嫌だったので、有給休暇を取った。

クリニックで診察してもらい、ダッシュでオフィスに駆け込む数日。

排卵誘発剤の影響か、腹部の腫れや鈍痛から体調が優れず、いつものように機敏に動けない時もある。

日々業務をこなすだけで精いっぱいな上に、通院のタイミングを調整するストレス、会社への報告の仕方を練り出すストレス、仕事に身が入っていないと思われないように別の部分で挽回しなければといった、日頃遣っている神経とはまた別の神経を遣うことになり、私は疲弊した。

ただ、こういう思いをするのはこれが最後だと思っていた。

これだけのことをすれば妊娠できると思っていたからだ。

人工授精から待つこと約二週間。

（妊娠のことを周りに話すのは、やっぱり安定期に入る三か月を過ぎてからにしようかな）

（つわりがひどかったらどうすればいいだろう）

（産休のことも、ちゃんと調べておかなくちゃ）

私は妊娠を前提に、あれやこれやと今後のプランを考えながら過ごした。


けれど。

また、生理が来てしまった。

会社を辞め本格的な不妊治療へ

私は、医師に、どのくらい人工授精をすれば妊娠できるものなのかを聞いた。

「人工授精も、一度で妊娠する人もいれば、数回目で妊娠する人もいます。何回やったらできるというものではないですね。ただ、貴女の年齢からすると、人工授精を五回やってみて妊娠できなかったら、次のステップを考えた方がいい」

「次のステップって」

「体外受精です」

(私は、体外受精を受けなくちゃならない可能性があるの?)

「今回初めての人工授精は残念でしたが、どうしますか。少し続けてみますか」

人工授精はたった一度とはいえ、そのための、ほんの数日に私は疲弊した。そして、仕事と治療の両立の難しさを痛感した。

しかも次の二回目でできるとは限らない。

「少し休んで考えてみたいと思います」

私の職務上、また性格上も、仕事をしながら治療を続けるのは無理だと思い、いったん治療はお休みし、仕事中心の暮らしに戻った。

あれこれとスケジュール調整に悩まされることのない日々、薬のない日々、クリニックから慌てて走らなくていい状態は、確かに楽にはなった。けれど、私は不妊なんだというとを悟り、今後のことを真剣に考える時間にもなった。

（両立は無理）

不妊治療を進めるのであれば、ある選択を迫られるのは避けられなかった。

働いてその対価を手にする。小さな歯車であっても、社会の一員として働くことが当たり前だと思って生きてきた。

妊娠・出産・育児も、この国の将来を担っていく子どもを育てるという視点からすれば、社会貢献。産休や育休で一定期間仕事を離れるのは納得できるけれど、妊娠もしていない、将来妊娠できるかどうかもわからない状態で、仕事から離れるということには抵抗があった。

（子どもがいないのに専業主婦か……）

社会のどこにも属さず、宙ぶらりんな環境でいいのだろうか。大学卒業以来、どこかに属して社会人をしてきた私は、社会人でなくなることに大きな不安があった。

ただ、その時の私の職場環境には問題があって、たとえ通院がないとしても、精神的に仕事を継続することが困難な、ぎりぎりのところまできていた。

治療はあきらめ、その職場でなんとかキャリアを繋げていくのか、それとも思い切って辞めて、子どもを持つことを目的に不妊治療に懸けてみるのか、気持ちは揺れた。

自分の行く末についての決断をし兼ねていた頃、職場のストレスが増し、神経性の気管支ぜんそくを発症してしまった。

強い薬をあれこれと飲み、夜間、心拍が上がったまま下がらず、救急車のお世話になったこともあった。そしてその時、救急車の中で私は決断した。

（これは私にとって、かえっていい機会なのかもしれない）

そう捉えることにし、自分自身の健康を見直すと同時に、女性として生まれたことを大事に考える好機にしようと思った。

そして、私は退職願を提出した。

大学を卒業して十六年目の社会人生活に、ひとまずピリオドを打った。

体のコンディションが戻るのにはある程度の時間を要したが、それからは不妊治療と向き合う日々となった。

そして二回目の人工授精にチャレンジした。

その二回目も、三回目も、四回目も、だめだった。

体調も整ってきているはずなのに、時間にも余裕があるのに、妊娠できなかった。

原因は特定されず、その時の卵子の質によるものとのことだった。

（大丈夫、今度は妊娠できるはず）と、自分に言い聞かせていた言葉はなんの役にも立たなかった。

五回目の人工授精でも私は妊娠しなかった。

人工授精五回目のラストチャンスを遂に失った私は、医師から次のステップ、体外受精の説明を受けた。

「以前からお話ししていたように、人工授精はここまでにしましょう。タイミングから今まで約二年かかってしまってますからね。貴女ももう三十九歳ですし、次のステップの体外受精に進んだ方がいい」

「焦る必要はないですが、間違いなく年齢的には急いだ方がいい」

（焦らず急ぐ……）

人工授精の段階で妊娠できると思っていた翔太と私は、それまで、体外受精といった高度な生殖医療は自分たちには関係のない別世界の話だと、どこか他人事だった。

タイミング治療から人工授精へステップアップする時にも、「まさか自分たちが」と、同じように思ったことを思い出した。

体外受精とは、女性の体から卵子を採取し、体外で精子と一緒に培養して受精させ、その受精卵を後日子宮へ戻す方法だ。

この体外受精を受けるとなると、時間、お金、肉体的苦痛等々、さまざまな問題が発生する。そのことは事前に把握していたけれど、それよりまず、倫理的にこの治療をどう捉えるか。

受けるか否か、翔太と私は悩んだ。

「翔太、私たち、運命に逆らってると思う?」

「高度生殖医療を受けることが、運命に逆らうような気がするわけ?」

「うん、そんな気がする」

「咲希が納得できないんだったら、体外受精はやめようか。俺は何度も言うように、子どもはいなくたっていいと思ってるんだから。もちろん二人の子どもがいた方が楽しいと思うし、違った人生になると思うけど、俺は、咲希と子どもをつくるために結婚したんじゃないからさ」

翔太は、人工授精がうまくいかず、仕事を辞めたのに妊娠できないと落ち込んでいる私によく、「子どもをつくるために結婚したんじゃない」と言っていた。

「翔太の気持ちはわかっているけど。でも、結婚して、家族を増やしたい、二人の子どもが欲しいっていう気持ちになるのって、自然なことでしょ」

「それはそうだよ。子どもが欲しいっていう気持ちは、当たり前の感情だと思うよ」

「でしょ。私は子どもが欲しい。やっぱり私たちの子どもが欲しいのよ」

「咲希は、なんとしてでも欲しいってことだね？」

「うん、そう。だって、ここまでやってきたのよ。結果的に仕事も辞めて、人工授精だって五回もやった。だから、やれるだけのことをやってみたいって気がしてる。でも体外受精でしょ。人工授精の時と違って、精子と卵子を体の外で受精させるわけだから、やっぱりそこがひっかかるの。命の誕生って、本来、体の中だけで繰り広げられること。すごく神秘的なものじゃない？　神の領域って言うか。そこに人の手を介入させることって、許されるのかな」

翔太はしばらく黙って考えていた。

「だとすると、延命措置はどう？」

「延命措置？」

「うん。抗癌剤は？」

「どういう意味？」

「生命を自然のままにって考えるんだったら、命の始まりだけじゃなく、本来『死』だって、倫理的に手を加えていいものなのかって思わない？　延命治療とか、どんな患者に対してても使う抗癌剤とかさ。命の始まりだけ自然で、命の終わりは自然じゃないっていうカタチが現にあるだろ？」

「うーん、なるほど。確かにそうね」

「高度医療が発展している現代に生きている僕らが、高度な生殖医療を受けることが、運命に逆らうことになるのかな。それより……」

「それより？」

「その技術を信じていないわけではないけれど、単純に素人考えでさ、体の外で操作して、生まれてくる子どもが本当に大丈夫なのだろうかって思う」

「リスクも伴うかもしれないってことよね」

「そうだね、何かあった時の覚悟を持つって言うかさ」

「覚悟ってどんな？」

翔太と私は何日も時間をかけて、本当にたくさん話し合った。

そして、体外受精を受けることにした。

ただ、一回数十万円する体外受精の出費は覚悟しなくてはならない。

私は仕事を辞めてしまっている。一回で妊娠する人もいれば、繰り返す人もいると聞く。

(どうか一回で授かりますように)


体外受精ができる不妊治療専門クリニックへの紹介状を取りに、行き慣れた、閑静な小高い丘の住宅街にあるレディースクリニックへ向かった。

(この坂を何度往復したかしら)

夏の強い日差しに、汗で濡れたシャツがじっとり体にまとわりつき、ハンドタオルを握り締めながら通った日、秋も深まる肌寒い時期なのに、仕事に遅れそうと坂を駆け上がり汗をかいた日、翔太と喧嘩して、クリニックに行く意味がないと途中で引き返そうとした日、大雪の後滑らないように気をつけながら急いだ日、風邪をひいた病み上がりの体に大雨が強く打ちつけた日……。

どんな日でも、必死で勾配のきついスロープを上ってきた。

坂を上りきれば、その向こうに、いつか輝く日の出が見られるはず、と思いながら。

私は次の闘いに向けて深呼吸した。

5章　本格的な不妊治療

初めての採卵と移植

まるで、真っ暗な劇場の舞台セットのようだった。

超音波や採取した卵子の画像を鮮明に映し出すためか、オペ室の照明は消され、暗闇の中、手術台に光が当たっていた。

緊張で固まっている私の背中に看護師がそっと手を当て、中央にあるステンレス製の無機質な感じの手術台へと促した。がちがちになっていた私は、手術台に上がるまでの二段程度の段差を踏み外してしまった。

「大丈夫ですか」

(だめです、全然大丈夫じゃありません。やっぱり帰ります)

そう答えたかったものの、四十歳近い、いい大人だ。しかも、覚悟を決めてここに来ている。逃げ出すわけにはいかなかった。

「すみません。はい、大丈夫です」

「では、お名前と生年月日をお願いします」と言われ、私は手術台に上がりながら「昭和三十九年四月三十日生まれ、永森咲希です」と、蚊の鳴くような声を絞り出した。

「脚はこちらにかけてくださいね」

手術台に体を横たえると、婦人科の診察台のように、脚を左右にかけるようになっている。何も纏っていない脚が大きく広げられた。

「鍼を刺しますから、体が動くと危ないので、脚を固定しますね」

私の両方の太腿は、革ベルトの付いた金具で固定された。

(何、これ？　ベルトで縛るの？)

怖くてしかたがなかった。

「では、始めます」

露わになった私の下半身に向けて、スポットライトのような鋭い光が当てられた。これでもかという程広げられ、赤の他人の前で剥き出しにされたその部分に、鋭い光が照りつけているのだ。

その屈辱に耐えるような感覚は徐々に、オペの恐怖や、ちゃんと卵が採れるだろうかといった不安等、織り交ぜになったさまざまな感情で薄れていった。

クリニックに通い出してから、婦人科の診察スタイルには慣れた。

けれど、これを本当に慣れたと言えるのか、と思う時があった。

医師は男性。しかもその都度同じ医師とは限らず、いろいろな医師が担当する。

赤の他人の異性に向けて下半身を露わにして脚を広げるという姿勢に、躊躇しない女性はいないのではないだろうか。

自然な妊娠であれば、何回かの定期検診を我慢すればいいのだろうが、不妊治療の場合は、数日置きというケースがざらだ。（これは医療なのだから）と自分を納得させ、当たり前のことだと思い込ませなくては、治療は受けられないのかもしれない。


卵巣内にできた卵胞めがけて、鍼が進められる。その卵胞の中の卵胞液を吸い取ることによって、そこに浮いている卵子が採取できるのだ。その様子が、頭の横に置かれたモニターで確認できる。痛みは想像していたより少ない。

（これならなんとか耐えられる）

「ワンエッグ！」

培養士が大きな声で報告する。

「永森さん、卵、一つ、採れましたよ。空胞といって、卵子が入っていないこともあるので、よかったですね」

「はい、ありがとうございます」

（よかった。一つでも採れた）

採卵後の処置をしてもらい、若い看護師に支えられながら、ゆっくり手術台から身を起こした。手術着は汗でびっしょり濡れていた。

（次は翔太の番だわ）

不妊治療は女性だけで進められるものではない。親になるために受ける医療は、男女共に協力し合いながら受けなくては先に進めない。

私がリラックスルームのベッドで休んでいる間に、今度は翔太が採精室で採精し、採取できた卵子と精子のお見合いが始まる。

翔太はお役目が終わると会社に向かったので、私がリラックスルームから出た時には既にクリニックを後にしていた。


すべての処置が終わり、問診の後、家路についたが、一歩一歩がお腹に響くようでなんとも言えない鈍痛を感じ、家に着くなり横になった。

（ふーっ）

初めての体外受精の採卵。なんとか今日という日が終わった。

私と翔太の体から、それぞれ採取された卵子と精子のことを考えていた。

（今頃、どんな状態なんだろう）

採取された卵子と精子のお見合い後の様子は、採卵後二十四時間経ってから顕微鏡で確認される。

翌日、クリニックに電話をして受精したかどうかの確認を入れることになっていた。

無事受精していれば、その翌日に子宮に戻すことができる。

「永森さんですね。受精確認しますので、少々お待ちください」

（万が一受精できていなかったら……）

そんな不安が頭をよぎる。

保留音を聴いているうちに、鼓動が速まる。

「受精しています。明日の午後二時に来院ください」

「わかりました！　ありがとうございます」

受精。

私の卵子と翔太の精子が結ばれた。体の外のことであろうと、とても神秘的に思えた。

（よかった。明日、翔太と私の受精卵をお腹に戻してあげることができる！）

その翌日、私はいそいそと移植のためにクリニックに向かった。

またあの真っ暗なシアターのようなオペ室で、同じ姿勢。緊張したものの、受精卵を注射器で子宮に戻し入れるだけだったので、あっという間に終わった。

それからが、また妊娠を待つ時間だ。

初めての体外受精。私たちはわくわくしながら待った。

（妊娠してお腹の中の赤ちゃんの存在を確認できたら、マタニティ雑誌を買おう）

（安定期の三か月を越えたらマタニティーウェアを買おう）

そんなことを漠然と決めていた。

そして移植後十二日目、妊娠を判定する日を迎えた。

いばらの道は続く

妊娠しているかどうかは、妊娠中に産生されるｈＣＧ（ヒト絨毛性ゴナドトロピン）というホルモンを血中または尿中から調べることでわかる。

私が通うクリニックでは、血液検査をした後、判定だった。

「判定」というと、合か否、白か黒か。否もあれば黒もあるわけだ。

私はハンカチを握りしめながらクリニックの診察室に入った。

初めて会ったその医師は私を見ず、カルテの数字だけを見ていた。

その空気に嫌な予感がした。

「えーっとね、結果から言うと、今回はだめだったね」

「……。妊娠できていないってことですか」

「うん、そうだね。一回目で結果が出る人ももちろんいるけど、みんな一回目でできると は限らないからねー」

そのクールでドライな感じの医師は、淡々と説明した。

「二回目でできる人もいれば、三回目でできる人もいるし。結構長くかかってできる人も いるしね。まぁ、人それぞれでね」

医師の前で涙がこぼれないように、私は何度も瞬きをした。

「また次回、生理三日目に来て」という医師の言葉だけが耳に残った。


その翌月にも採卵し、移植をしたがだめだった。

次の一か月は、体のコンディションを良くするようあらゆる努力をした。栄養バランスのよい食事に、体を温める漢方、規則正しい生活リズムに、新陳代謝を良くする運動。

そして、また挑戦した。

クリニックでの待ち時間は、毎回数時間にも及んだ。生理の三日目から採卵まで、血液検査や薬の処方、超音波での卵胞の成長具合の確認等々で数日通院し、その後、採卵と移植を受けるといった流れになるが、診察から会計までとにかく待つ。修行のように、ひたすら待つ。

かなり広いクリニックなのに、常に座れないくらいの人で溢れ、酸素濃度が薄い感じがしていた。

みんな、粛々と順番を待っている。

眠っている人、溜息をつく人、雑誌や本を読んでいる人、じっとうつむいている人。思い思いに過ごしていたが、お互い目も合わさずにただ黙々と座っていた。

話をしている人はいない。

妊娠できないという同じ状況にあり、同じ目的を持ってその場に集まっているにもかかわらずだ。

（みんな同じような不安や焦り、苦しみを抱えている人たちのはずなのに）

少しでも気持ちを話し合えたら、この修行のような待ち時間も変わりそうな気がした。

「翔太、予定通りだったわ。明後日くらいが採卵になりそうだから、よろしくね」

採卵までは女性がメインだが、採卵できたとなると、次は夫の出番になる。

外資系企業で営業部の統括をしていた翔太は、客先に行くことも多かったが、会議や出張、海外からの客人への同行や接待なども立て込んでいた。だから翔太にとっても、クリニックに行くための日程調整は、容易ではなかった。

「えっ、明後日？　明日って言ってなかった？」

「言ってない」

「言ったよ、明日って」

「クリニックに行ってるのは、私よ。大事なこと間違えないわよ。明日なんて言ってない！　いい加減に聞いてるからでしょ？」

「いい加減？　人聞きの悪いこと言うなよ。今まで忙しい中合わせてきたじゃないか。いつも理想通りになんかいくわけないだろ。こっちは仕事してんだよ！」

「仕事って言えばいいと思ってない？」

「明日の午後からクレーム対応で客先に行く出張が入ったんだ。それを俺が本社の役員に報告しなきゃならない、大事な出張なんだよ」

「えっ、泊まりの出張？　じゃあ明後日、採精できないじゃない！」

血が逆流して、顔が赤くなっているのが自分でもわかった。

「薬飲んで、何日も何時間も待って、注射して、卵胞をちゃんと育てて。なのに、直前でだめなんて、そんなのないわよ」

　感情が溢れ出る。

「もういい！　何もかも疲れた！」

（疲れた。本当に疲れた。なんのためにしてるの？　この通院）

　翔太とは口をきかず、私はふて寝した。


　翌朝起きると、食卓にメモがあった。

（今日の出張は別の人に行ってもらう。だから今夜は帰宅して、明日の朝クリニックに行けるようにするから。あんまりきりきりするな）

　そう書いてあった。

　闘っているのは私だけじゃなかった。

　また、涙が出た。


　翌日無事に採卵でき、受精も確認できて、二日後に受精卵をお腹に移植した。

　それから判定日までの二週間、心はやはり芽吹く命を期待してしまう。

（三度目の正直、今度こそ）

着床したかどうかの妊娠判定を聞く日は、以前の二回と比較してひときわ緊張するようになった。自分の心臓の音が、他の人に聞こえるのではないかと思うほどどきどきし、握っているハンカチはいつのまにかじんわりと湿っていた。

(落ち着いて)

深呼吸しては、何度も自分に言い聞かす。

「まただめだったとしても、絶対落ち込まないこと」

それは朝、翔太に言われた言葉だった。

だが期待に反し、この日も撃沈した。

医師に理由を尋ねたところ、やはり卵子の質の問題とのこと。それ以外理由はないようだった。

(まただめだった……)

駅まで歩く道すがら、期待に反した結果が、頭の中で壊れかけたレコードのようにぐるぐると回っていた。

(だめだった。まただめだった)

(なぜ？　できる限りのことをしてきてるのに)

（卵子の質って、いったい何？）

報われることのない結果の連続に、落胆が次第に腹立たしさへと変わっていく。

（これ以上どうしろっていうの？）

女性としての身体的な機能として、特にどこが悪いという診断を下されていたわけでもない。

（あとどれだけがんばれば、私と翔太の赤ちゃんに会えるの？）

二人のハードルレース

私はそれ以降、四年間という時間を体外受精に費やした。

不妊治療は健康保険が利かない。

クリニックに通う交通費もばかにならなかったが、注射代に薬代、採卵のオペ費に移植代。一回の体外受精にかかる費用で数十万円はあっという間に消えていく。

治療を繰り返せばそれだけ費用がかかる。

既に会社を退社していたので、私には収入がなかった。翔太の収入に頼りながら、貯金を切り崩す日々はあまりにも心もとなく、治療費の支払いも大きなストレスになった。

当時、自治体によって助成制度ができ始めていたものの、収入制限があって私たちは対象にはならなかった。個人の収入だけで、長期化する高額の治療費を支払い続けるのは、現実的に限界がある。

また、お金を貯めてから臨みたいと思っても、高齢で妊娠を望む場合は、時間に猶予はない。中には、お金を借りたり、ローンを組んだりして治療費を支払っている人もいると聞いたことがある。

お洒落も、旅行も、少しの贅沢も、我慢。

低価格の衣料品店で数枚の千円札を支払うのを躊躇する一方、クリニックの窓口で数十万円の治療費を支払うのに躊躇はない。

不思議な金銭感覚になった。

それはすべて、まだ見ぬ子どものため。赤ちゃんに会うため。

少しでも治療費を捻出したい。そう思ってアルバイトを探したが、頻繁な通院を認めてもらえるような勤務先はなかった。

ある面接試験では、思い切って不妊治療をしていると話したら、同情はしてくれたが、採用はしてくれなかった。

やっと週一回のアルバイトを見つけたが、収入は雀の涙で、治療費の足しとしてあてにできるような金額ではなかった。それでも、何もしないよりはましだったし、わずかな時間でも気分転換になった。

継続した私の治療は、受精卵を胚盤胞という状態まで体外で育て、いったん凍結して、体のコンディションがいい時に子宮に戻すという手法に変わった。そして状況は、採卵したものの空胞で卵子がない時があったり、受精卵の成長が途中で止まってしまったり、翔太が採精する都合がつかなくなり、予定していた採卵ができなくなってしまったり、着床しても早い段階の流産（化学流産）になってしまったりと、まちまちだった。

不妊治療は、次々といくつものハードルが現れる。

決められた日に通院するためのスケジュール調整に始まり、それができたとして、今度は計画通りに薬や注射をしっかり投与できるかというハードルが現れる。次は、卵胞がきちんと成長してくれるか。その育った卵胞内の卵子をうまく採取できるか。精子の状態はいいか。夫のスケジュールが調整でき、ちゃんと採精できるか。うまく受精するか。受精したとして、今度は受精卵が通常の分割をしていくか。次は、移植できる体調にあるか。移植後着床するか。着床した受精卵が子宮内で成長してくれるか。成長してくれたとして、流産しないか。

まさに陸上競技の障害物競走、ハードルレースのようだと思った。

スタートのホイッスルと同時に走り出し、一つ目、二つ目とハードルを越えていく。どこで躓いてしまうかわからない。

最後の最後で躓いてしまうことだってあって、妊娠に向けてすべてのハードルをクリアして進んでいくことは容易いことではないのだ。

しかも、このハードルレースは一人のレースではない。

二人三脚のハードルレースだ。足を結んだ紐が取れただけで、跳べなくなる。


(私だけがトラックのコースを走って、翔太は、なんだか観客席にいるみたい)

時にそんな風に思うこともあった。

スケジュールの調整や治療への不安や不満、そして結果についても、翔太と私では、どこか温度差があるような気がすることがあった。特に、体が辛い時や妊娠できなかった時の気持ちは、なかなかわかってもらえない気がした。

言い合いにもなった。

妊娠していなかったと診断されたある日の夜、仕事から帰宅した翔太が私に言った。

「今回もがんばったのに、残念だったね」

私は何もする気がせず、夕食の準備をしていなかった。

「ごめん、夕食つくってない」

「いいよ、外に食べに出るか」

「行きたくない」

「俺が何か買ってきてもいいけど、外に出た方がいいんじゃないか？　少し気分転換しようよ。また次、がんばればいいじゃないか」

「気分転換？　こんな時に気分転換なんてできないし、また次がんばるなんて簡単に言わないでよ」

「…………」

「いったい何回目？　こんなにできなくて、毎回高い治療費払って、意味あるのかな。まだがんばらなくちゃならないわけ？　もう耐えられない。こんな生活、イヤだ……」

ソファの上に体育座りをしていた私は、涙を拭っているタオルに再び顔を埋めた。

「…………」

「翔太はいいわよ、採精の時だけだもの。私は、何日も何日も同じ場所に通って、毎回何時間も待って、痛い注射して、苦しい採卵オペして、お腹だって痛くなったりして。それでも妊娠できないんだったら、こんなこと繰り返すの、もう耐えられない」

一呼吸置いて、翔太が声を荒らげた。

「じゃあ、やめれば？　耐えられないんだったら、やめればいいさ。やめろよ」

伝え方の工夫

「なによ、その言い方！」

「だって、耐えられないんだろ？　耐えられなくてそんなに泣くんだったら、やめればいい。俺は、どうしてもやってくれなんて頼んでない」

「頼んでないって、私たち二人の子どものことでしょ？」

「そうだけど、俺は、子どもなんかいなくたっていいって言ってるだろ。子どもが欲しくて咲希と結婚したわけじゃないって」

「そんな簡単にやめればいいなんて。ひどいわよ。そんな簡単にやめられるわけないじゃない！」

「だったら、続けるしかないだろ」

（なんて人の気持ちがわからない、思いやりのない人なの？）そう無性に、腹が立った。

（結局、苦しいのは私だけ。辛いのは私だけなんだ）

私は、私一人だけが孤独の中にいると思った。

翔太は深い溜息をついた。

「咲希さ、自分のこと、客観的に見れてないから言うけどさ。いつもいつも婦人体温計くわえて体温に一喜一憂して、不妊情報のネット検索ばっかりして、判定の日は泣いてばかりいて、それ以降は抜け殻のようになって。そんな咲希をずっと見てる俺だって、しんどい」

怒って突き放す言い方をした翔太の口調が、ゆっくり私を諭すようなトーンに変わった。

「結果がだめで、悲しくて涙が出るのはわかる。だから、黙ってそばにいた。クリニックに通院しているのも、医者と話すのも俺じゃない。そんなすべてをがんばっている咲希は、本当に大変だと思ってる。でも、それは咲希にしかできないことだから。だから、それに耐えられなくて泣くのなら、やめた方がいいんじゃないかと思う。むしろやめて欲しい。耐えられないことをやってまで、そんなに苦しい思いをしてまで、子どもはつくらなくていいし、そんな思いはして欲しくない」

翔太の言葉はこたえた。

そして目が覚めた。

パートナーとして同じ目標を持ったとしても、立場と役割が違えば、その経験はおのずと違ってくる。

医師と話しているのは私。クリニックに通っているのも私。いくら言葉で伝えても、翔太が臨場感を持てないのは当然のことかもしれない。私が、翔太の会社の話を理解できたとしても、その場の空気や臨場感を、翔太と同じように共有し、共感できているかと言ったら、そうとは言えないのと同じだ。

翔太の言うとおりだった。

あれこれ考えた私は、翔太への伝え方を、「報告」に変えた。

今までは、疲れて帰宅する翔太に、あーだったの、こーだったの、こう思うだのを、まとめて一気に伝えようとしていた。

事実も、私の感情も、両方を「わかって」と訴えていたように思う。

それを、その都度事実の報告だけするようにしてみたのだ。

ビジネスは結果がすべてとはいえ、組織においてはそのプロセスも重要になる。だが、

「部長、新規の顧客、今回取れませんでした。あんなにがんばったのに、本当に悔しいで

す。だって、あの時徹夜して資料作ったんですよ。その時の大変さったら。しかも先方の課長からの無理なリクエストにもわれわれは充分譲歩したのに……」等々、感情も含めたあれこれを一度に報告されるのは、される方も一層の想像力と余裕が必要ではないだろうか。

そこで私は、治療のプロセスを、感情抜きに、タイムリーに、粛々と翔太に報告するという方法を実践してみることにした。

「今、クリニックで受け付けしたら、なんと既に百二番」

受け付け直後にそれだけを翔太にメール発信。

四時間後の会計の時に、

「今、ようやく会計。お昼まだ食べていないから、お腹空いたわ。どこかで食べて帰ります」と発信。

翔太は私以外からも多くのメールを受けているはずで、私のメールはそのワンオブゼム。ちらっと目を通すだけでいいと思った。

それに対して特に翔太から返信はなかったが、帰宅早々になんと、

「今日は、あんな時間に終わったんだ。えらい時間かかったな。ご苦労さま」と、翔太の方から言ったではないか。

今までだって「大変だったね」とか「ご苦労さま」といった言葉がなかったわけではないが、なんというか、私に言わされていたようなところがあったように思う。でも、この時は違った。

別の日には、

「やっぱり卵巣が腫れてた。まだ痛みがあるから、頼まれたもの、買って帰れないわ。ごめん」と発信。この時はすぐに、

「了解、買わなくていいよ。それより気をつけて帰って」と返信があった。

以来、私は翔太の前で涙は流しても、「耐えられない」という言葉をぶつけることはなくなった。

そして、二人三脚の紐もほどけることはなくなった。

6章　願いを持ち続けた日々

自分を否定する気持ち

ある時、少し年下の元同僚から電話があった。

「咲希さん、お久しぶりです。どうしてます？　元気にしてますか」

「うん、適当にやってるわ」

「新しいお仕事されてるんですか？」

「今は週に一回のアルバイトなのよ」

「わー、いいな～。遂に咲希さんも専業主婦への道まっしぐらですか。週に一回くらい、ちょこっと仕事するって憧れるなー」

（知らない人には、やっぱりそんな風に見えるんだ）

「今日連絡したのは、碓井さんが出産したお知らせです！　先週出産されたんですけど、すごく可愛い男の子なんですよ」

「そうなんだぁ。それは、それは。おめでたいわね」

冷静な会話をするように努めた。

「碓井さん三十代後半だし、いろいろ心配されてたみたいですけどね」

「そう、母子ともに無事でよかったわね」

「で、何人かでお祝いを贈ろうってことになって。永森さんも仲良くされてたし、どうかなって、みんなが」

「あー、ありがとう、声かけてくれて。いいよ、私もお祝いする」

「そしたら、来週でも集まりませんか。仕事帰りにみんなでデパートでお祝い選んでから、ご飯でも食べようかって話になってるんです。みんな、永森さんにも久しぶりに会いたがってて」

　心がざわざわした。

　それまでは、治療をしていようと人様の出産祝いは選びに行ったし、お知らせがあれば病院に駆けつけたりもした。

　でも、今は、どこか自分が以前の自分と違う。

　苦しくてしかたがなかった。

（お祝い、選べない……）

「ごめーん。来週予定が詰まってて。悪いけど、お任せしていいかな。みんなセンスいいし。お代は送らせて」

「そうですか？　残念。じゃ、みんなにそう伝えておきますね」

「うん、みんなによろしく言って。また、次回ぜひ！」

「はい、了解です」

「あっ、そうだ、すっごく可愛い男の子なので、写メ、送りましょうか！」

「……。あっ、うん。送って、送って」

これまで、どれだけ人様の出産のお祝いをしてきたことだろう。

命の誕生。人類の営みの中で、これほど神秘的で幸福に満ちたことはない。

家族の繁栄。特別な糸でつながっている家族が増え、同じ時を刻みながら強く関わり合っていく、これほど豊かなものはあるだろうか。

小さな命。赤ちゃんは天使のように可愛い。

だから、出産は間違いなくおめでたいのだ。

それはわかっている。充分わかっている。

でも、心から祝えないのだ。そのおめでたいことが、我が身に起こらないのはどうしてなのか、わからないから。

（私の何がいけないの？）

（なんで私のところには赤ちゃんがきてくれないの？）

（こんなに待っているのに、どうして？）

私は今までと変わってしまった、と思った。

離婚した後でも、友人の結婚は心から祝福できた。結婚生活山あり谷あり、試練も待ち受けているかもしれないけれど、がんばって幸せになって欲しいと共に願えた。

でも、妊娠・出産に関しての朗報が素直に喜べない。

胸がきゅっと掴まれるように、縮こまってしまう。

フルタイムで出勤している時はほとんど目に留まらなかったが、仕事を辞めてから、ベビーカーを押したお母さんと赤ちゃんがよく視界に入るようになった。

赤ちゃんをベビーカーに乗せた母子を見ると、私はいつかベビーカーが押せるのだろうかと、なんとも切ない気持ちになった。

(私って、いつから、こんな歪んだ人間になってしまったんだろう)

おめでたいこと、喜ばしいことを素直に喜べない、そんな自分にも嫌気がさした。

(嫌な人間……)

毎年楽しみにしていた年賀状も、見るのが辛くなった。

以前は、賀状にあるお子さん入りの写真を楽しく拝見しながら、翔太と二人、それぞれのご家族の様子に思いを馳せ、新たな一年の幸を願うという、私の好きな時間だったのに。

子どもを囲んだ家族の笑顔いっぱいの写真を見ると、自分たちに足りないものを改めて突き付けられている気がして苦しかった。

そんな風に感じる自分も嫌だった。

そして何より、自分の価値を考えるようになった。

人は本来、人を育むことこそが使命なのではないか。

特に女性は、産み、育てることこそが。

人を産み育てることの他に、それ以上大きな仕事ってあるだろうか。

昔から言われている「人を育てて一人前」という言葉は耳に痛いけれど、真実なのではないか。

私は人としても、女としても、価値がない……。

もし母親になれたら

女性は、月のリズムで生きている。

月は太陽の光に照らされながら、約一か月かけて地球をゆっくりと回り、優雅で雄大な活動を休むことなく永遠に続ける。

そんな優雅な月の活動の中にも、次の輝かしい満月のための静謐な時がある。誰も計り知ることのできないこの暗闇の新月の時が、次の排卵に向けた女性の生理周期のスタートと重なる。偉大なる神秘の泉を秘めた時だ。

毎月生理がある女体はまさに、この宇宙の神秘と一体化し、新しい生命を宿すための儀式をし続けているような気がした。

私はそんな儀式を、何度繰り返してきたのだろう。

それなのに、月の女神は一向に私に微笑んではくれない。


この何年もの間に、努力しても報われないことがあることを思い知らされた。

幼い時からこれまでの人生、ピアノの発表会でも、受験でも、テニスの試合でも、仕事でも、努力した分だけ実りがあった。失敗した時には、どこがだめだったか自分なりに分析もできた。失敗を挽回することだってできた。

でも不妊治療は違った。

しかも、原因は特定されず、「年齢からくる卵子の質の問題」と言われるばかり。自分ではどうしようもないのだ。

以前医師から何気なく言われた「焦らずに急ぐ」という言葉が、再三、頭に浮かぶ。

これだけ失敗を経験すれば、焦るのも当然のように思うが、その焦りが苛立ちへも繋がり、精神衛生上良くない。そのことは自分でもわかっていたが、それでもどうしようもない時があった。

私はなるだけ自分に言い聞かせた。

焦らない、そして、期待しない、と。

受精卵を子宮に移植すると、どうしても妊娠を期待してしまう。何度だめだったとしても、(今度こそ妊娠できるんじゃないか) という期待を持ってしまうのだ。

期待に裏切られた時、当初の私のショックはジェットコースター並みに大きかった。

期待して気持ちが上向きになっては、落とされる。その感情のアップダウンを繰り返し経験することは、想像以上に心が揺さぶられた。

だから私は次第に、高まる期待を押し殺すようになっていった。

(きっと、今度も妊娠しないわ。だから、期待しない)

自分が楽だから、あえてそうした。

けれど、一方ではそれが、とても不自然なことのようにも思えた。

子どもを待つという気持ちは、本来、純粋にわくわくする希望に満ちたものであっていいはずなのに、それを否定しなくてはならない矛盾が、また私の気持ちを複雑にした。

(不妊治療っていったい何？)

妊娠できないという状況が、子どもを持ちたいという思いを募らせ、何気ない小さな夢がますます広がった。

お正月の母が作るおせち料理。

青いものは清々しいように青く、赤いものはくもりなく晴れやかにと、野菜の種類ごとに丁寧に煮る母のお煮しめは、家族みんなそれぞれへの愛情の表れ。娘ができたら、この母のおせち料理を伝えていくつもりでいた。

節分の豆撒き。

結婚してから欠かしたことのない二人だけの豆撒き。玄関や窓を開けて、「鬼はぁー外！　福はぁー内！」とやるのは少々気恥ずかしい。子どもができたら堂々と大声を出し、鬼のお面は翔太にかぶらせようと思っていた。

雛祭り。

私のお雛様は祖父母からの贈り物で、お雛様とお内裏様の二体だけのもの。三人官女も五人囃子もいない。仕える者たちもなく華やかな楽人もいないのに、その凛としたたたずまいと優しい笑顔からは、いつも幸せのオーラを感じた。娘ができたら、このお雛様と一緒に、一年一年彼女の幸せを祈るつもりだった。

桜。

入学、卒業。新学期。春は子どもの成長を最も意識する季節だろう。桜の下、家族の笑顔満開な写真をずっと撮り続けていけたらいいなと思っていた。

五月の端午の節句。

父が子どもの頃に飾っていた五月人形が、ずっと納戸にしまってある。息子だったらそれを飾り、長い歴史を生きてきたその人形の強さを息子も持ち合わせてくれるように、強い子に育てようと思っていた。

季節が巡る節目節目に、そんなことを思うようになったが、私にはこの他に、季節に関係なくしたいことがあった。

母になったらしたいこと。

それは、三色のキャラメルを作って、子どもと一緒に食べることだった。

幼い頃、私のそばにはいつも母が作ってくれた三色のキャラメルがあった。赤、青、黄色のセロファンで、りぼん型に包まれた正方形のキャラメルだ。

古い無水鍋の蓋を利用して、お砂糖とバターと水飴を火にかけ、とにかく混ぜる。少しずつ色が変わってくるのが魔法のように楽しくて、「やらせて、やらせて」と言ってはガスコンロの前に台を置き、それに乗っかって母を手伝った。

色に変化が出てくるととろみが増し、かき回すヘラにも抵抗が出てきて重くなるので、結局、母が額に汗しながら混ぜ続けていた。

茶色くなったらキャラメルの出来上がり。粗熱をとっている間に、キャラメルを包むためのオブラートとセロファンを切っていく。

今から四十年以上も前なので、可愛いセロファンなんてきっとなかったのだろう。濃い色の赤、青、黄色の素朴な三色だったが、それをキャラメルより少し大きなサイズに切る作業が工作のようで面白かった。

「咲希、ちゃんと切った？」

「うん、切った」

「咲希は黄色が好きなの？」

「うん、黄色が好き！　どうしてわかるの？」

「だって黄色が多いもの」

「あっ、ほんとだ！」

母と私は、けらけらと笑い合った。

キャラメルが固まってしまわないまだ少し熱いうちに、キャラメル生地を切っていくが、力のない私にはできず、母が体重をかけながら奮闘し、よく「手のひらが痛くなった」と言って笑っていた。

いつもそばにあったこの思い出のキャラメルを、私は、私の子どものために作りたかった。

待ちに待った赤ちゃん

そんな私の願いが通じたのか、体外受精を始めて三年目の春、桜の頃に、私は妊娠した。

過去、着床して陽性反応が出るものの、初期の化学流産に終わっていたケースがたびたびあったので心配したが、高温期がしっかり続き、赤ちゃんの胎嚢も確認できた。

今までどんなに治療を続けてきても見ることができなかった、私たちの赤ちゃんの袋だ。

（ようやく、私たちのもとにきてくれた）

その感動はひとしおだった。

四月は私の誕生月。春の訪れとともに大きなバースデーギフトをもらった気がして、心躍った。

胎嚢確認の後、赤ちゃんの心拍も無事に確認できた。

トクトクトクトク。

産婦人科でもドラマでも、赤ちゃんの心拍は何度も耳にしたことがある。でも、今聞こえているのは、間違いなく翔太と私の赤ちゃんの心臓の音だった。

（すごい）

力強く、ちゃんと命を始めてくれていた。感動で胸がいっぱいになった。

「順調ですよ。あと何度か診察がありますが、もうすぐこちらのクリニックは卒業です。出産なさりたい病院を決めておいてくださいね。紹介状を書きますから」

私は帰りがけに、今まで封印していた妊娠の本や雑誌を何冊も買い込んだ。心拍が確認できたら買おうと、心に決めていたからだ。

ある夜のこと。「俺も、もう寝るよ」と言っていた翔太がなかなか寝室にやってこない。

（何やってるのかしら）そう思って寝室からリビングに行ってみると、翔太が下を向いて、何かを読んでいた。

「まだ寝ないの？」と言って覗き込むと、

「いや、やっぱりすごいことなんだなーと思ってさ」と感動しながら、私が買ってきた妊娠の本を見入っていた。

左手に、クリニックからもらった私たちの赤ちゃんのエコー写真を持ちながら。


翔太の幼なじみも、久しぶりの同窓会での翔太の様子を知らせてくれた。

「翔太君、自分もようやく父親になるんだって、すごく嬉しそうだったわよ。赤ちゃんのエコー写真、すごく感動したんですって」

不妊治療中は喜怒哀楽を出さなかった翔太が、初めて心底嬉しそうにしていた。もう喜んでもいいよね、と言わんばかりに。

私のつわりも始まった。船酔いのような気持ち悪さに、めまいもあった。女性は、休むことなく次から次へしんどいことが、よくもまぁあるものだと思ったものの、喜ばしいしんどさであれば、なんのそのだった。

翔太のご両親は残念なことに既に他界していたが、健在でいる私の両親は、この朗報をとても喜んでくれた。

私は、彼らの一人娘。一人娘の私が子どもを産まない限り、両親は孫のいる人生を経験することができない。そんな家族構成、家庭環境もあって、私は両親に不妊治療をしていることはすべて赤裸々に話していた。何も意見をせず、すべて受け入れ、私たち夫婦の選択を尊重してくれていたが、母は常に「無理はしないで」「体が心配」「もういいんじゃない？」と私の体を気遣っていた。

「孫の顔が見たい」といったようなことを一度たりとも言わなかった彼らに、私はどうにかして、可愛い孫を抱かせてあげたかった。

まだ妊娠する前のことだ。

翔太が出張の日に、久しぶりに実家に泊まることになった私は、ゆっくり両親と夕食をとったことがあった。若い頃からお酒好きで、美味しいお酒を飲みだしたら止まらない父は、この時も結構な量のお酒を口にしていた。食事も終わった頃、

「君と翔太君は、どうなってしまうんだ。大丈夫なんだろうか」

そう言いながら、畳にデンとひっくり返ってしまった。

「ちょっとヤダ、おとうさん。そんなところで。大丈夫って、何が？」

「僕らは君たちが居てくれるから、老いても幸せなんだよぉ。心配してくれる君たちがいるから。でも君たちが老いた時に、いったい誰が心の支えになってくれるんだ……」

私は言葉に詰まった。

父は、酔っ払い特有の、あの呂律が少し回らない口調で、

「夢を見たんだよ。僕が死ぬ時の夢なんだけどね。最初の場面では、僕が、君と翔太君と君らの子どもたちに囲まれていて、僕はみんなに見守られながら、すーっと心穏やかにあの世に行くわけだ。だが、もう一つの場面は、真っ白な髪の、老いて弱々しくなった君と翔太君の二人だけが、僕のそばにいるんだ。すると後ろ髪ひかれてしまって、なかなかあの世に行けない感じなわけ。そんな夢……」などと言いながら、眠ってしまった。

私の妊娠は、そんな親の心配も払拭してくれる、まさに希望だと思った。


そして迎えた、三か月に入ってからの検診。

（どのくらい大きくなっているかな）

この日は、出産したい病院を決めていく日で、いよいよ不妊クリニックの卒業の日でもあった。

帰りにはマタニティーウェアを買って帰ろうと張り切っていた。

「あれ？」

診察中の医師が、想定外の言葉を発した。

（あれって何？　えっ、何か変なの？）

いなくなった私たちの赤ちゃん

体の横にある超音波モニターに目をやると、動いていない。

前回の検診まで動いていた私たちの赤ちゃんの心臓が、その時動いていないことが、私にもわかった。

医師からの言葉を聞く前に涙が溢れた。

「残念だけど、心臓が止まっちゃってますね」

診察台の上に乗ったまま、ただただ、涙を流すよりなかった。

頭の中が真っ白になった。

医師から稽留《けいりゅう》流産と診断され、掻爬《そうは》の手術を勧められたものの、受け入れるまでには時間がかかった。

こんな状態のまま、待合室で長時間会計を待つのは辛い。私はトイレに引きこもった。そして翔太に電話をしたが、翔太の声を聞いた途端、言葉にならず、

「赤ちゃんの心臓が……。止まっちゃった。ごめんね」そう言うのが精いっぱいだった。

「すぐに行くから、待ってて」そう言った、電話の向こうの翔太の声も震えていた。

トイレから出た時の私の顔は、赤く腫れ上がっていたに違いない。

待ち合わせをしていたクリニック近くの喫茶店に駆け込んできた翔太は、私を見つけるなり悲痛な顔で近づき、私に手を差し出した。私は何も言えず、ただその手を握り返した。

翔太は何も言わず、頷きながら涙を流した。

その四日後に掻爬の手術をした。

行きは翔太に送ってもらった。

「先生、よろしくお願いします」

担当の医師に翔太が挨拶をした。その神妙な翔太の目は、まるで、

（俺たちの赤ちゃんを、ちゃんと出してやってください）

と言ってるかのように見えた。

その時の翔太はどこか父親らしかった。

「残念でしたね。ちゃんと処置しますから、安心してください」

医師も、翔太の言葉を真摯に受け止めてくれた。

私たちは頷きあった。そして翔太は仕事へ向かい、私はオペ室へと向かった。

手術が終わった時、今度は母が病院まで迎えにきていた。だめだったこと、手術を受けることを伝えていたからだ。一人で帰れるからいいと言ったのに、心配で来てしまったらしい。

二人でタクシーに乗って実家に帰ったが、車中でそっと、母が私におにぎりとお茶を差し出してくれた。

「朝から何も食べていないんでしょ？」

「うん」

いくつになっても心配をかける自分が情けなかったが、私は母のおにぎりを頬張った。

今までで一番美味しいおにぎりだった。

まだ少しふらついたものの、手術から十一日目の週末には翔太と一緒に、鎌倉のあるお寺に行き、水子供養をしてもらった。雨は降っていなかったが、たくさんの紫陽花が、鮮やかに瑞々しく満開だった。

もう涙は流れなかった。

それより、その子がまた私たちのところに戻ってきてくれるような気持ちになっていた。どうしても戻ってきて欲しかった。

というのも、私には悔やんでいたことがあったから。

妊娠がわかり、舞い上がるほどの喜びを感じたと同時に、実は心配も日毎に募っていたのだ。

胎嚢確認ができたのが、ちょうど私の四十二歳の誕生日の日。紛れもない高齢妊娠だ。かつ高度生殖医療を受けての妊娠なわけで、妊娠が判明したその時になって、さまざまなリスクの可能性が現実味を帯びてきた。

妊娠中の母体へのリスク、そして生まれてくる子どものリスク。考えていなかったわけではなかったし、夫婦で話し合ってきたことでもあった。

(無事に生まれるだろうか)

(重度の障害を持って生まれてきたら、ちゃんと育てられるだろうか)

(四十二歳での出産だから、子どもが二十歳になる時には、私は既に六十二歳。障害があって一人で生きていけない子だったら、どうしたらいいの？　私たちが生きている間は精いっぱい育てたとして、いなくなった後その子はどうなるの？　私には兄弟姉妹がいない。今は両親も手を貸してくれるだろうけれど、将来私たちが老いた時……。子どもに会いたい一心で、ちゃんと子どものことを考えていなかったことになるんだろうか）

つわりが始まり体が不調になったからかもしれないが、私はどんどん不安になっていった。翔太と話し合っていたのに、気持ちが揺れた。

生まれてくる子どもに万が一障害があった場合、「大丈夫。ちゃんと育てていける」と自信がみなぎる時と、「これ以上がんばれるのか」と、とても不安になる時と。

母からは、「あなた、なんだか心配ばかりして。近頃あんまり嬉しそうじゃないわよ」と言われ、ある友人からも、「あんなに喜んでたのに、どうしたの？」と心配されたこともあった。

（待望の妊娠なのに、妊娠できてからこんなに心配するなんて）

羊水検査をするかしないかでも悩み、結論を先延ばしにした。

まだその時、「羊水検査はしない」と腹を括れずにいたのだ。

だから、不妊治療クリニックを卒業し、出産まで診てくれる病院を選ぶ段階になった時、どちらの選択もできるようにと、羊水検査ができる病院を選んでおいたのだ。

そのことを私は悔いた。

(だからあの子は、私のお腹の中からいなくなってしまったんだ)

(不安いっぱいな母親のところに生まれてくるのが、あの子こそ不安だったんだ)

そんな気がしてしまったのだ。

「どんな状態にあっても、私は母。何があろうとあなたを絶対に守っていってあげるから、安心して生まれてきなさい」

なぜ、そう思ってあげられなかったんだろう。

あんなに長い時間、あの子を待っていたのに。

(今度は迷いなくあなたを産むから、また戻ってきて)

そう願い、私はもう一度不妊治療に戻った。

思わぬ体質の判明

また不妊治療をスタートさせたいと思っても、体が言うことをきかなかった。

掻爬の手術後何か月も、ホルモンバランスが正常に戻らず、採卵すらできなかった。

「じっくり体調を戻しましょう」

そう言ってくれた医師に、私はあることを直訴した。

抗リン脂質抗体症候群の検査の実施だった。

抗リン脂質抗体症候群とは、自己免疫疾患の一つで、自己抗体ができることによって全身の血液が固まりやすくなり、習慣的に流産を起こしたり、動脈や静脈の中で血の固まりができる血栓症を起こしたりする疾患だ。この疾患が見られる場合、赤ちゃんを養う胎盤の絨毛という組織の血管が詰まり、赤ちゃんに充分な栄養が届かなくなり、胎児が餓死状態に陥り流産に至るとされている。

今までの治療の中で、移植後陽性反応が出るのに化学流産してしまうケースがたびたびあったことや、移植直後から、風邪でもなく体調も良好なのに、三十八度くらい出る熱も気になっていた。それまで医師に相談しても、特に問題視されることなくきてしまったが、疑問は払拭したかったし、ある有名人が流産を習慣的に繰り返し、辛い思いを何度もされたものの、抗リン脂質抗体症候群であることがわかったため、その治療をしながら無事出産されたという記事を見たのもきっかけになった。

私は医師に聞いた。

「先生、私、抗リン脂質抗体症候群の検査を受けたいんですが。習慣性流産の疑いがあるのではないかと思うのですが」

　すると、医師は淡々と言った。

「ああ、その習慣性流産の検査は、掻爬レベルの流産を三回以上した人にする検査なんだよね。あなたはまだ一回だからね」

（まだって……）

「三回流産しないと、三回あんな思いをしないと、検査してもらえないんですか？」

「そういうことになってるんだよね」

（そんな……）

　ようやく授かった赤ちゃんを失うことだけでも辛いのに、掻爬の手術で辛さが倍増した。麻酔の作用で、手術中は幻覚を見続け、今までにない恐怖を味わった。

　私のお腹が、不思議の国のアリスの迷路と化し、火に炙られたように赤く腫れ上がったアリスやハンプティーダンプティーやトランプたちが一斉に、私のお腹の中の赤ちゃんを体の外に放り投げようとする、そんな幻覚だった。今でも覚えている。とにかくすべてが真っ赤で熱かった。

「赤ちゃんが……。赤ちゃんが……！」

　術中、そう口にしていたことは、朦朧とした記憶の中で実感がある。

私は正直に訴えた。

「先生、流産は辛いです。手術だってとても怖くて。あの思いは二度としたくないんです。だから、検査だけでもさせてください」

すると、その医師は、

「流産が怖かったら不妊治療はできないよ。怖いんだったら、そこまでだね」

そう言った。

私を叱咤激励するつもりもあったのかもしれないが、私には非情な言葉に聞こえ、悲しみと怒りで我を忘れた。

「そんな。怖くてあたりまえじゃないですか！　あんな悲しい体験は一度で充分です。そんな体験を三回もしなくちゃ検査できないなんて。先生もご承知の通り、私にはもう時間がないんです。三回も流産してる時間はないんです！」

私のどこにこんな力があったのかと思うほど、目を潤ませながらその時の担当の医師に感情をぶつけ、食ってかかってしまった。

「わかりました。じゃあ、検査しましょう。その代わり、自費になりますよ。五万円くらいしますから、ご了承ください」

（血液検査だけで五万円？　そんなにかかるの？　でもお金の問題じゃないわ）

検査結果は、抗リン脂質抗体症候群の疑いがあるというものだった。

基準値を大幅に超えた高い確率の数値ではなかったが、当時、妊娠への影響は数値の大小に関わらないと言われた。つまり、基準値をわずかに超える状態であっても、胎児への影響の可能性があるということだった。

私は茫然とした。

(今頃になって自分の体質がわかるなんて。今までの治療はいったいなんだったの?)

最初にこの検査をして体質がわかっていれば、違う道があったのではないか。移植後には適切な薬を投与しながら、妊娠継続できたかもしれない。

(私の治療に費やした五年半は?)

やり場のない怒りややるせなさを、どこにぶつけていいのかわからなかった。

と同時に、ここであきらめては、すべてが無駄になってしまう気がした。

最初に妊娠の相談に行ってから多くの時間が流れた。

それまでの時間を無駄にせず肯定するには、やはり「妊娠すること」だと思った。

だから私は、紹介状を書いてもらい、その大学病院と今までの不妊治療の専門クリニックと並行して通い、不妊治療を継続することにした。

習慣性流産科の医師からは、不妊治療を続けるのであれば、次回移植した段階から薬を投与するよう勧められた。その薬の考えられる副作用についても説明を受けたが、私は副作用のリスクがあっても、妊娠を選びたいと思っていた。

7章　生と死

私は癌？

その頃私たちは、既に他界した母方の祖父母の家をリフォームして住んでいた。

それなりの庭があり、そこに紅白の梅の木が一本ずつ植わっていたが、祖父母が健在の時から毎年変わることなく可愛い花を咲かせ、隔年ごとに豊富な実をつけた。翔太が梯子をかけ、体を伸ばしながら収穫し、私はせっせと梅酒や梅ジャムを作った。

いつになっても変わることのない身近な自然の力。何年も何年も実りが続くその力。あやかりたいと願いながら、いつも勇気をもらっていた気がする。

その梅の木の蕾がちょうど膨らんできた頃だった。

寒さで身も縮む空気の中、蕾の生長が次の季節の訪れを伝えてくれるそんな頃、私はいつものように、不妊治療専門クリニックに向かった。

次の採卵に向けて、卵胞の成長具合を診てもらうためだった。

「あれ？　なんだろう、これ。おかしいな」

内診中、ぼそっと担当医師が言った。超音波検査がなかなか終わらない。

「嫌な影が見えるな」

その医師は、私にというより、独り言のようにつぶやいた。

「至急腫瘍マーカーの検査、準備して」

看護師に指示を出したその声のトーンで、私は一気に緊張した。

（腫瘍マーカーって？）

診察室に戻り、医師から話を聞いた。

「影のように見えるんですよ。それが卵巣癌の形状に似ていてね。今まで見落としていたのかな」

「がん……、ですか？」

「そう。貴女が持っている皮様嚢腫は、年齢を重ねていくと三パーセントの確率で癌化する可能性があるんだけど、その可能性があるってことです。だから、今日は腫瘍マーカーの検査をしました」

私はひどく混乱した。

「もし悪性だったら、貴女、不妊治療どころじゃないですよ。まずは自分の体、自分の命を第一優先で考えなさい。とにかく十日前後で結果が出るから、その頃に来院して」

その医師の言葉を、私は狐につままれたような状態で聞いた。

正直、その帰り道、どんな風に帰ったか覚えていない。

(もし卵巣癌だったら、どうしよう。私はまだ四十代そこそこ。若ければ進行も早いはず。私に何かあったら翔太はどうなる？　年老いていく両親は？)

これから老いていく両親を残して、私が先に旅立つことを想像した。

(だめ、絶対だめ。二人を残して私が先に逝くことはできない。絶対生きなくちゃ)

動揺と混乱の思考の中で、いきついたことは、「生きたい」ということだった。

それから、私の意識は一変した。それまで、調べることは不妊のこと、妊娠のこと、流産のことばかりだったのが、卵巣癌についての病院、手術法、余命、全摘後のホルモン療法、などなど卵巣癌一色に染まった。


検査結果を待っているちょうどその頃、とてつもなく悲しい知らせを耳にすることになった。

翔太の幼なじみでもあり大親友でもある、池谷氏の突然の訃報だった。

高熱を出した池谷氏は、インフルエンザだろうと診断され、薬を処方されたものの良くならず、あっという間に状態が悪化し帰らぬ人となった。死因は、大人はかかりにくいと言われている髄膜炎だった。

翔太は九州の長崎で生まれ育ったが、池谷氏は、長崎の自然の中を一緒に駆け回った幼い頃から共に成長してきた幼なじみで、翔太にとってまさに兄弟のような存在だった。池谷氏のパートナーも翔太の幼なじみだったので、私も仲間に入れてもらい、家族ぐるみのお付き合いをしていた。

あっという間に神様のもとへいってしまった池谷氏の、はにかんだ優しい笑顔が浮かんでは消え、その夜は翔太と二人眠れず、大きな衝撃を受け止めるだけで精いっぱいだった。

翔太はボロボロ涙を流し続けた。私は、丸まった翔太の背中をただただ、さすった。

池谷氏には誠実な妻と、成長過程にある二人の子どもたちがいる。残されたこの三人の行く末を思うと、哀しみは倍増した。

そして、私にとっての翔太と両親が、彼らと重なった。

その数日後、私は、同じクリニックに通われていた方が亡くなったという悲しい訃報に再び接することになった。

その方は私と同じ年で、不妊治療の末に待望のお子さんを授かった方だった。その方が先に妊娠、出産されたので、私も早くその方に続きたいと願っていた矢先だった。

出産後は幸せに暮らしておられるとばかり思っていたが、不治の病を発症され、愛するお子さんも抱くことができなくなり、将来を悲観されてのことだったようだ。お子さんを残したまま、自ら命を絶ってしまわれたのだ。

こんなことがあっていいのだろうか。

こんなにひどい仕打ちってあるだろうか。

人生は平等ではない。

神様なんていない。

そう思った。

若くして旅立ってしまったこの二人。残されたご遺族のことが頭から離れず、私は不安定になり、いく日も涙に暮れた。

老若男女、命には限りがあることを、改めて気づかされた。

そして、その中に自分も含まれているのかもしれない、そう思うと怖かった。

不妊治療をやめる決断

卵巣癌の検査結果が出るまでの十日間、私は生と死の両方の世界を行き来した。そして覚悟を決めて検査結果を聞きに行った。

結果は、悪性の癌ではないとのこと。影は、卵巣内の出血が原因とのことだった。

脅かされた感が強かったものの、緊張と恐怖と不安が去り、全身から力が抜け、心から安堵した。

と同時に私の中に、ある変化が起こった。

不妊治療を継続することが、無性に怖くなったのだ。

今まで、翔太と私の子どもが欲しい、家族が欲しいという気持ちが先に立ち、何があってもそこを目指して走り続けてきた。何度壁にぶちあたってもあきらめることなく、むしろあきらめられずに猛進していたのに、突然私の足が止まった。

私は、信仰心が特別厚いというわけではないが、この時、ご先祖さまの、

「もうこれ以上は無理をするな」

「貴女の人生の道は別にある」

そんな声が聞こえたような気がした。そう聞こえたのは、もし私に子どもがいて幸せなら、もうとっくに与えてもらえているように思えたからかもしれない。

(ずっとできなかったら、どうする?)

(いつか、不妊治療をやめる時がくる?)

（その時は、ちゃんとやめられるの？）

（その時って、いつ？）

不妊治療している間、この自分への問いかけは、常に頭の片隅に居座り続けた。このままずっと授からなければ、いつかあきらめなくてはならない時がくることはわかっていた。でもその決断ができずにいた。いつ終わりにしたらいいかの、ふんぎりもつけられずにいた。

それより、その時を迎えるのが怖くて、考えるのさえ避けていたように思う。どうしてもあきらめられなかったそんな私が、一つの区切りに向かっていた。

連日の訃報、自分自身の癌の疑い。

何か大きな力が、私の足を止めた。


その時の気持ちは既に翔太に話してあったが、次にクリニックに行った時、決定的になった。

まだ翔太と私の間には、受精卵があった。

胚盤胞まで育った受精卵を、体のコンディションが良い時に子宮に戻すことを前提に、凍結保存してあったのだ。

その受精卵をどうするか、私はまだ気持ちが固まらず決めかねていた。そして、クリニックに行ってから決めようと思っていた。

長年通った待合室の椅子に座りながら診察の順番を待っていた時、翔太にメールを打った。

「私たちの凍結してある受精卵、戻してあげなくてもいい？」

しばらくして翔太から返事がきた。

「うん、いいよ。どんな選択でも尊重する」

診察室に入ると、案の定、医師から聞かれた。

「来月、コンディションが良かったら、戻そうか」

「…………」

一呼吸置いて、自分の意思を確認してから、私は答えた。

「いえ。先生、私たち、もう治療をやめたいと思います」

「凍結卵あるのに、戻さなくていいの？」

「はい。大事な受精卵ですが、これ以上は気持ちが続かなくなりました。長いことお世話になり、ありがとうございました」

それまでの私だったら、受精卵だって私たちの子ども、どんなことがあっても絶対子宮に戻すことを考えただろう。

でも、違う決断をした。

そして、その決断を翔太に伝えた。

帰り道は、何かをやり遂げたような感覚と、大きなものを失ったような感覚に揺れた。

（これでよかったのかな。私、後悔しないかな？）


その夜帰宅した翔太は、玄関で開口一番、泣き笑いしたような顔で言った。

「咲希、長い間よくがんばってくれてありがとう。本当にご苦労さまでした」

この言葉で、私たちの決断に納得ができた。

そして、今までどんな状況にあっても、常に寄り添い伴走してくれた翔太に、心から感謝した。共に歩んだこの数年がなければ、今の私たちは存在しなかっただろう。

翔太が買ってきたワインを開け、二人で頬を濡らしながら乾杯した。

遠き山に、ゆっくりと陽が落ちた気がした。

私は長い時間をかけてようやく、私自身の体へのリスクと、赤ちゃんのリスクを考え、子どもを持つことを断念するという苦渋の選択をした。

みんなが当たり前のように手に入れているものでも、手に入らないものがある。

どんなに願っても、どんなにがんばっても、どうしても叶わない望みがある。そして、自分ではどうすることもできないその運命を、甘んじて受け入れなくてはならないことがあるんだということを、私は不妊治療を通して学んだ。


それからしばらく、私はぼんやりする日々を送った。

婦人体温計をくわえる日々、クリニックで長時間黙々と待つ日々、痛い注射を我慢する日々、飲みたいお酒を控える日々、期待と絶望に振り回されないようにと自分を鼓舞する日々、そんな日々から解放され、私の心の半分はほっとしていた。

だが半分は、俗に言う、ぽっかりと大きな穴が開いたような状態だった。

時間、努力、お金、友人、キャリア……。

随分失った。

(結局なんの実りもなかったな)

(これから何をしていこう)

(どうやって生きていけばいい？)

(子どもを育てていかなくて、一人前の大人と自負していいのかな)

何をしても欠落感を感じそうな気がした。

そして、何をしても楽しくなさそうな気がしていた。

出るのは力ではなく、力のない溜息ばかりだった。

母からもらった言葉

それまでの治療について、両親には大まかなことは話してあった。

母はいつも私の体を心配し、父は「胚盤胞」という用語までも覚えるようになった。

この、子どもを持とうとした私の闘いは、私だけの闘いではなかったはずだった。

翔太の闘いでもあり、両親もさまざまな葛藤を持っていたとすれば、彼らも恐らく闘っていたのだと思う。

そんな両親に、区切りをつけたことを伝えに、翔太と二人、私の実家を訪れた。

我が子を望んで六年目の、春の訪れにはまだ少し時間がかかりそうな寒い週末の夕方だった。

「はい、いらっしゃーい」

母は、いつも明るい声で玄関の扉を開けてくれる。

「ど〜も、ど〜もー」

「結構時間かかったわね」

「そうね、今日は道が混んでたわ」

「今夜はメンチカツよ、翔くん」

「おっ、いいですね。僕、お母さんのメンチカツ、食べたかったんですよ」

たわいない、いつもの会話。

「ねぇ、食事の前にちょっといい？」

早い段階で話を済ませてしまいたかった私は、母に話があることを知らせた。

「な〜に？　いいわよ、ちょっと待って。お父さん呼んでくるから」

リビングに、二階から降りてきた父、そして母、翔太、私の四人が揃った。


「あのね。私、もう治療、やめた」

そう私が口火を切った。

「今まで私たちのことを見守ってくれて、理解してくれて、感謝してる。ありがとう。随分心配もかけちゃって。ごめんね。それから、孫を……」

そう言いかけて、言葉が出なくなった。

みるみるうちに、母の顔が崩れていく。

「……もう充分」

そう言いながら、母はぽろぽろと涙を流し始めた。

そしてその涙を止めようともせず、子どものように泣きじゃくりながら、

「貴女がいてくれたら……、それでいいの。貴女さえ元気でいてくれたら、それだけで私たちは充分」

と、声を詰まらせながら言った。

母が肩を震わせて泣いている間、父はソファに深く体を沈め、眉間にしわを寄せて目を閉じ、腕をくんだままずっと黙っていた。

感情のままに涙を流し続けるそんな母を見たのも、そんな父を見たのも初めてだった。

私はその時、頭を殴られたような気持ちになった。


（ごめんなさい）

子どもをあきらめたからではない。孫を抱かせてあげられないからではない。

母も父も、私との出会いを心待ちにし、大事に私をこの世に産んでくれた。

そのことを忘れていたからだ。

それどころか私は、自分を否定した。

憐れんだりもした。

子どものいない自分の人生には価値がないかのように拗ねもした。

ほんの三か月というわずかな時間だったが、私もお腹に我が子を宿し、母としてその命を心配した経験があったはずだ。もし我が子を出産できたとして、その子になかなか子どもができず、その子が私のように自分を否定したり、生きる意味を見失ってしまったとしたら、私はどんな風に思うだろう。

きっと、そんな悲しいことはないはずだ。

ぽろぽろと涙を流す母の姿が、私に大事なことを思い出させてくれた。

(ごめんね、おかあさん。ごめんね、おとうさん。そうだったよね。私も、大事だったんだよね)


我が子を授かることはできなかったけれど、自分自身の命の尊さや、子どもがいなくても、自分の人生に恥じることなく、満足して、納得して生きていきたいという気持ちを授けてもらった気がした。

思うようにいかない人生を受け入れること、その人生を全うすることは、難しいことだと思う。

だからこそ本来、人は、自分の命を大事にするだけで充分なのかもしれない。

不妊ピア・カウンセラーへの道

自分の人生を大事に生きたいと、確かに思った。

けれど正直なところ、私の中に生まれた喪失感は、そう簡単に埋められはしなかった。

ある時ふと、切り取ってあった新聞記事のことを思い出した。

それは、「あきらめ時」について書かれた記事だった。その記事は「不妊ピア・カウンセラーの養成講座」について触れていた。

(ピアって何?)

そう思って調べてみた。

ピアとは英語で、同輩とか仲間といった意味を持つ。ピア・カウンセラーとは、当事者と同じ体験を持つ者が、気持ちに寄り添いながら悩みや辛さに耳を傾け、援助していく者のことをいう。

(ふーん、こういう資格があるんだ)

私はこの資格に関心を持った。

不謹慎に聞こえるかもしれないが、当初、私は、人のために何かしたいなどという気持ちを持ち合わせているわけではなかった。

自分のために、カタチになるものが欲しかったのだ。

卒業証書のようなものでもいいから、紙切れ一枚でもいいから、自分がやったことの証が欲しかった。

（不妊治療からの卒業。資格取得は、不妊治療の卒業証書……）

あるＮＰＯ法人が主催するその養成講座はその春からのスタートで、のんびり考えている時間はなく、締め切りが迫っていた。

私は卒業証書をもらうために、この講座を受講することにした。


ピアの資格取得というだけあって、当然、受講者はみんな不妊体験者。北は秋田から南は広島までいて、交通費と宿泊費をかけながら、熱心に東京の会場まで足を運んでいた。一年間という時間をかけながら、生殖医療や心理学について学んでいくが、講義を聴く座学を主体として、ロールプレイングに論文提出、そして逐語録作成と、多岐に亘った全課程三十六単位のプログラム内容だった。

久しぶりの勉強で、新しい空気が新鮮だった。

だが講座中は、自分の不妊体験の軌跡をたどらなければならなかったり、自分が不妊だということを改めて突き付けられている気がしたりして、なんとも苦しい時もあったし、受講者の中には脱落者もいた。

私も途中、不妊という文字を見るのも辛くなり、無理かな？　と、逃げ出してしまいたくなった時があったが、なんとか資格認定試験を受けてパスすることができた。

この講座を受講する前の私は、どこか弱々しく脆かった。そんな状態の当時と比較すると、一年通った後の私は、少し強くなったように思えた。

治療をやめた後、不妊という事実から目をそらして生きることもできたと思う。けれど不妊は、治療をやめたら終わるものではない。

子どもを持つことをあきらめたら終わりでもない。

一生死ぬまで、自分自身について回るものだと思った。

一年間の講座を通して、自分自身の運命と向き合うという経験が、結果として、挙児にいたらなかったという私の悶々とした気持ちを消化してくれる一助になったことは、間違いない。

受講は自分のためと思っていた私の意識も変わった。

大きく変わったのは、講座の後半にプログラムされている、提出課題の一つである逐語録の作成の時だった。

逐語録とは、会話を録音し、それを後から聞いて、一言一句、文字に起こしていくというものだ。カウンセラーとしての私と、相談者であるクライアントの会話を文字にすることによって、私自身の話し方の癖や、クライアントの話を的確に理解しているかどうか、また対応は適切かといったことが、細部にわたって見えてくるので、自分を客観的に考察するには効果的な手法のトレーニングとされている。

この逐語録と、自分なりの考察を提出するのが課題だったが、まずは、不妊で悩んでいるクライアントを自ら探さなくてはならない。勉強過程にある私がカウンセラー役になること、会話を録音させてもらい、それを文字に起こし提出することについて、事前に承諾してもらうといういくつかの条件付きだったが、運よく知人を通し、すべて了承してくれるクライアントが見つかった。

さっそく私はそのクライアントと会い、カウンセリングを行った。

初めての経験でとても緊張したが、柔らかい雰囲気を持つそのクライアントの笑顔に、まずはほっと安心したのを今でも覚えている。

お互い初めてであれば、どちらも緊張するのは自然なこと。ゆっくりと会話を始め、クライアントはその時のご自身の状態について話し、カウンセラーはその歩調に会わせてじっくり話に耳を傾けていく。

四十五分間話を伺う中で、半分以上の時間が経った頃、クライアントの口調や表情が変わっていった。

「周囲の友人たちは自然に妊娠、出産する人が多くて。不妊治療している人でさえもお子さんを授かっているのに、自分だけがどうして？　って、つい考えてしまって。『もうちょっとがんばればできるんじゃない？』って励ましてくれる人もいるんですけど、その励ましがすごく嬉しい時もあれば、負担になる時もあって」

そう言いながら、目に涙をいっぱい溜めた。はにかんだように少し笑った途端、堰を切ったように涙を流し、嗚咽でしばらく言葉が出なくなった。

自分も同じように思った気持ち、胸が痛むほどわかった。私も視界が揺らいだ。

二人で頷きあう時間があった。

認定資格も取得できていない見習い中なわけで、いいカウンセリングには程遠い状況だったたと思う。それでも終了後、クライアントは、

「わかってもらえるって、こんなに気持ちが楽になるんですね。他では話せないことをお話しできて、今日は気持ちが軽くなりました。ありがとうございました」

そう言ってくださったのだ。

（私の不妊体験も無駄ではなかった）

初めて、そう思えた瞬間だった。

私が不妊治療に費やした六年間は、ただただ失うだけの時間だったと思っていた。

でも、経験したからこそできることがあるのかもしれないと、初めて私が辿ってきた不妊治療の道程を肯定できた。

以来私は、自分のためと、同じ思いをされている方々のために、支援活動に携わり、現在に至っている。

8章　大切なこと

養　子

特別養子縁組制度。

翔太と私の実子を産み、育てていくという夢を断念した後に意識するようになった制度だ。以前から耳にしたことのある言葉ではあったものの、私たちの遺伝子を受け継ぐ、血縁のある子どもを望みながら不妊治療をしている間は、自分たちとは縁のないものだと思っていた。

だがある時、父が私に一枚の年賀状を見せた。

可愛らしい男の子と女の子が二人、まるで向日葵のように、明るく笑っているはがきだった。

「どう？　この子たち」

「まぁ、可愛い子たちね」

「この子たちは兄妹なんだよ」

「うん」

「実は、この二人ともが、養子なんだ。この人は、兄妹を養子に迎えたんだよ。だから本当の子どもじゃない。でも、家族仲良く幸せに暮らしてるよ」

「へぇ」

「家族は血のつながりだけじゃないんじゃないか？　翔太君と咲希だって、赤の他人だ。赤の他人で血のつながりはないけど、家族じゃないか」

「まぁ、確かにそうだけど」

血縁がなくても、家族になることはできる。


私の考えは徐々に変わっていった。

新しい家族を受け入れるそのプロセスより、家族でいようとする気持ちこそが大事なのではないだろうか。

そんな風に思うようになった。

思ったら体が動いていた。

ネットで情報を引き出したり、里親になった人の本を読んだり、児童相談所主催の、養子縁組したカップル数組の講演を聴きに出かけたり。実際に養子縁組した人から、個人的にじっくり話を聞いたりもした。都合がつく限り、翔太にも同席してもらった。

養子として子どもを迎え入れ、幸せに暮らしている方々の体験談は、母親、父親、それぞれの立場から話され、難しさもあるがそれを克服し、幸せに過ごしているという内容だった。そんな方々の話に、私たち夫婦は今までに感じたことがない類いの衝撃と感銘を受けた。

九か月の女の子を迎え入れ、数年かけて正式に養子縁組した女性の話は特別だった。ミホちゃんというその女の子は、縁組したご家族からたくさんの愛情を受け、幼稚園に入園する年齢まですくすく育っていった。そして現在、

「ミホね、ミホのこと大好き！」

そう言いながら、縁組されたご両親お二人の前で屈託なく笑うという。

生まれてから九か月を過ごした養護施設も「最初のおうち」と認識し、そこでの写真も大事そうに見つめるまでになったという話を聞いた時には、翔太と私自身も深く大きな愛情で包まれた感じがし、胸がいっぱいになった。

「最初のおうち」のアルバムを大切にしながら、自分のことを好きと言える……。

このご夫婦が、ミホちゃんに注いできた並々ならぬ愛情と覚悟を感じた。

「後悔したことは一度もない」

この女性は、そう優しい笑顔でお話を締め括られた。

私たち夫婦はこうした方々の話に刺激を受け、勇気と希望を与えられた。

そしてお話を伺った直後は、

（私たちにもできる）

（家庭のない子どもを迎え入れることができる）

そう思った。

翔太もすっかりその気になった。

我が家の駐車場で、

「車に乗せる時は、この濡れ縁に腰掛けさせておけばいいか。小さいと足がつかないから、ぷらぷらしちゃうかな」などと、既に子どもを迎え入れる気になっていた。

一筋縄ではいかない苦労がたくさんあるだろう。難しい局面も当然出てくるだろう。でも、実の子どもでも、みんなそんなさまざまな局面を経験しながら家族になっていくはずだ。だから。

だから大丈夫。翔太と私が愛情を注げばうまくいく、そう思った。

だがその翌週になると、私の気持ちの雲行きがあやしくなった。

（うまくいかなかったら？）

自信と高揚感でいっぱいだったのに、ふと疑問が湧いた。

(本当に大丈夫なのだろうか)

そう思ったらどんどん不安が募っていった。

養子を迎え入れるための相談にいける場所としては、公的機関である児童相談所と、許認可を受けた民間団体の二種類があるが、当時も民間団体の数は少なかった。

東京都の養子縁組里親の認定基準では、申込者は原則として、二十五歳以上五十歳未満と定められている。この基準はクリアしていた。ただ、民間の斡旋団体では、養育する親の年齢が三十九歳以下、また四十歳以下等、子どもと親の年齢差が四十歳までだったり、四十五歳までだったりと制限がある。私はその時、既に四十四歳だったので、民間団体で相談を始めるには既に難しい年齢だった。

ここにも年齢の壁があった。

すぐに養子として赤ちゃんを引き取って育てたとして、その子が成人する時に、私は既に六十半ばだ。子どものエネルギーが爆発する思春期に、体を張って向き合えるだろうか、子どもが成人する頃、私たちは元気でいられるか。そんなことを考えたら、確かに年齢の問題は看過できないと思った。

今は青少年の事件も多い。

養子に迎えた子どもが何か問題を起こしたら、私たちはどんな風に思うだろう。

(私たちの本当の子どもじゃないからだ)

そう思わないと言い切れるだろうか。

どんな状態になってもその子の味方だと言えるだろうか。

もしそれができなかったら、みんなにとってこんな不幸なことはないだろう。

肯定しては否定し、否定しては肯定する毎日。

周囲に養子縁組をしている家族がいて、より具体的な話を聞けたり、社会的な支援体制が身近に感じられたら、こうした不安も少しは解消されたのかもしれない。

揺れ始めた気持ちはおさまりがつかず、二人で逡巡する日々が続いた。

そして結局、今一歩の勇気と覚悟が持てず、私たちは養子を迎えることもあきらめた。


いたいけな幼児の、純粋で爛漫な笑顔と命を奪うような、残酷な虐待のニュースを見たり聞いたりするたびに、悲しく切なくなる。

信じたかった、愛して欲しかったその人から、虐待を受けながら息絶えていった子どもたちは、最後どんな思いだっただろう。

どれだけ怖くて、苦しくて、悲しかっただろうと思うと、涙が止まらなくなる。

そして、

「なんで、うちに来てくれなかったの？」

と、思わずにはいられない。

あきらめたはずなのに、それでもまだ、私の心は時々疼く。

どこかで、私たち夫婦を待っている子がいるのではないか、と。

そして、私が子どもを望み、考える時がもっと早かったら……と悔やまれる。

しょうがないことなのだけれど。

最期の時

「大きな病院で診てもらった方がいいかな」

養子をあきらめたその直後のことだった。

かかりつけのクリニックで、半年に一度受けていた腫瘍マーカーの値がぐっと上がったのだ。

過去の経験から、癌という病は決して対岸の火事ではなく、いつ自分にふりかかるかわからないものだということを学んだ。そして、皮様嚢腫は年齢がいくと、三パーセント癌化するというその三パーセントに自分も入る可能性があるんだということを認識するようになった。半年に一度の定期検査は、そんな学習からだ。

「はい、ぜひ診ていただきたいと思います」

私はその医師に即答した。

紹介された病院では、私のスケジュールの関係で、通う曜日が定まらず、最初の二回ほどは、異なる二人の医師に診てもらうことになった。

が、なんと医師によって所見が異なった。

一人は、ほぼ卵巣癌といって間違いないので、ホルモン療法を始めながら手術に臨むという見解。もう一人は、病理に出してみないとなんとも言えないが、恐らく悪性ではなく、今までと同じ皮様嚢腫だろうという見方。いずれにしても、早急に病巣の摘出手術へ進むことになったが、私は後者の医師を信頼し、全権を委ねた。

(もっと早く、嚢腫だけでも摘出すべきだったのかな。なぜぐずぐずしてたんだろう。今度こそ免れないかも)

そんな思いと、執刀をお願いした担当医師の言葉を信じ、

(今度だって大丈夫に違いない)という思いとの狭間で揺れた。

けれど、人間というのはとかく悪い方へ考えがちな生きもので、私もご多分に漏れずその傾向に陥ってしまった。卵巣癌はサイレントキラー（静かな殺し屋）と言われ、自覚症状が出る前に静かに進行し、体を蝕んでいくという性質があるのでなおさらだった。

入院までの時間は、悪性だった場合の、卵巣や子宮を摘出する可能性を含め、抗癌剤やホルモン療法といった治療についての知識や情報を探った。

何かしていないと落ち着かず恐怖心が増したが、何かをしていたとしても、集中できずにいた。

私は二十代半ばに子宮筋腫の手術をし、開腹した経験がある。

一度開腹したことがある場合は、臓器の癒着が考えられるので、二度目の手術も開腹手術になるのが一般的だ。だが、私の担当医は腹腔鏡手術の名医で「開腹せずにできる」と、穏やかに、自信に満ちた声で私を安心させてくれた。

開腹手術と腹腔鏡手術では、体への負担が格段に違う。

「体への負担を考慮して、まずは腹腔鏡でトライしてみましょう。癒着があった場合には、癒着剥離も同時に行います。ただし、その癒着がひどかったり、剥離の段階で臓器の損傷が認められた場合には、途中で開腹手術に切り替えることになる可能性もありますので」

医師からは手術の方法や、そのリスクについての説明があった。

「損傷ってどういうことですか」

よく意味がわからなかった私は、医師に質問した。

「穴が開いたり、ってことです」

「えっ、穴が開いちゃうんですか⁉」

想像もしていなかった言葉に、私はかなりびくついた。

「あくまでも、万が一のリスクですから」

穴が開くにはびっくりしたが、どんな手術でも必ず、最悪の場合のリスクについて医師から説明を受けるものだと聞いていたので、おきまりの流れに沿った説明なのだろう、くらいに思っていた。


が、このリスクは一部現実になった。

私の内臓は、過去の開腹手術の影響であちこち癒着しまくっていたらしい。

腸と子宮がくっついていたり、Ｓ状結腸と卵巣がくっついていたり。だから術中は、卵巣内の病巣部分を摘出することに加えて、こうした癒着の剥離も同時に行われることになったわけだ。

糊でつけた二枚の紙を剥がす場合、やぶれるのは容易に想像がつく。私の内臓もしかりで、癒着剥離の最中に腸がやぶれてしまった。

リスクの発生だった。

だが私の担当医は、腹腔鏡手術の形態のまま、癒着剥離もやぶれた腸の修復もすべて処置してくれた。まさに敏腕の医師だった。

こんな癒着があっては、自然妊娠の機能が阻害された可能性は充分あったに違いない。排卵した卵子をピックアップする卵管采の動きなどは、本来、至って繊細で神秘的だ。あっちこっちくっついて引っ張られていたのでは、正常なフル稼働ができないのも当然だと思った。

そんな状況だったので、通常だと二〜三日間ほどの入院で済む卵巣嚢腫摘出手術も、私の場合は一週間の入院となった。開腹手術に切り替わっていたら、一週間では済まなかっただろう。

かなり剥離したために、腹腔内は想定していた以上の出血があった。その血液を体外に出すために、お腹に穴を開け、ドレーン管を装着したまま三日間過ごさなくてはならず、これが想像以上にきつかった。

この時私は、万が一のことを考え個室に入っていたが、周囲はやはり重症の患者が多いように見受けられた。

頭にターバンを巻き、ガラガラと抗癌剤の点滴を押しながら廊下を歩いている若い女性数名。

ナースステーション内に車椅子のまま座り、ぼーっと一点を見つめている女性。一人で部屋にいるのが怖くて、精神的に不安定になってしまったようだった。

仰向けのまま、時折苦しそうに小さなうめき声をあげている女性。私の真向かいの部屋の中年女性だった。部屋のドアが開いたままになっていたので、なんとなく中の様子がわかってしまったのだ。

術後二日目の夜中のことだった。

真向かいの部屋の患者さんの呻き声が大きくなってしばらく続き、その病室周辺が急に慌ただしくなった。

ばたばたと行き交う看護師の足音。

急いで医療機器を運ぶキャスターの車輪の音。

そして患者の心電図の音が、静寂な病棟の廊下に響いていた。

まだ腹部に強い痛みがあってなかなか寝付けなかった私は、見も知らない向かいの部屋の女性の最期を感じた。胸がざわざわと騒ぎ、全身がじんわり緊張した。

そのうち、「ピー」と心電図音が高いまま一定になった。

その女性の鼓動が止まった音だった。

すべてが静かになった。

誰の話し声も、靴音も、泣き声もしなかった。

ご家族がきている様子もなかった。私が入院した日からずっと、部屋を見るたびに家族らしき人が訪れている気配がなく、いつもその患者一人がベッドに横たわっていたのだ。


その女性と私の将来が重なった。

今は、夫や両親や友人が私の病室を訪れてくれるからいい。しかし、年を重ねていく中で家族や友人がいなくなり、一人で病と闘うことになったら……。

そう思ったら、急に不安に襲われた。

私たちに子どもがいたら、私たちが親を思うように、きっと案じてくれるに違いない。たとえ遠く離れて暮らしていたとしても、病の回復や私たちが辛くないように、苦しくないようにと願ってくれるだろう。

そんな風に思い、願ってくれる人がどこかにいると思っただけで、何をするにもそれが支えになる気がした。

でも、私たち夫婦にはその支えがない。

心から心配してくれる人がいなくて、病と闘えるのだろうか。

病室の天井のシミばかりをずっと見つめ続けることができるのだろうか。

たった一人で、迫りくる死と向き合えるのだろうか。

翔太だって今は強く健康な成人男性だが、いつかは弱い老人になる。私が先立って一人になった時、彼はどんな最期を迎えるだろう。子どもや孫たちに囲まれた、ぬくもりのある旅立ちを望めない状況を想像するだけで、切なさがつのり、申し訳ない気持ちでいっぱいになった。

「すみません、痛み止めと誘眠剤をいただけますか」

私はベッド脇のナースコールを押した。

「はい、今すぐ行きます」

しばらくして私の病室に入ってきた看護師は、いつもの白衣ではなく、割烹着のようなものを身にまとっていた。亡くなった人のためにする処置のことをエンゼルケアといい、その時に看護師がつけるエプロンをエンゼルエプロンという、といつか誰かから耳にしたことがあった。

（この割烹着のことをエンゼルエプロンっていうのかな）

「永森さん、痛みは強いですか」

部屋に入ってきた看護師は、私の点滴を確認しながら、そう聞いてきた。

「ええ、結構」

「まだ腹部に穴が開いたままですからね。我慢しないで、痛みを感じたらお薬飲みましょう」

「はい、そうします。……あのー、向かいのお部屋の方、お亡くなりになったんですか」

私は、看護師の割烹着をそっと指さしながら聞いてみた。

その看護師はこっくり頷いた。

少し沈黙があった。

「ごめんなさいね。騒々しくて眠れなかったんでしょう？　これ、誘眠剤です」

私は黙って手を出した。

誘眠剤をお願いしたのは、うるさくて眠れなかったからではない。

翔太と私の最期の時を考えていたから。

入院中、摘出したものの病理結果の報告があった。

悪性の卵巣癌ではなく、嚢腫だということが明らかになり、卵巣内にできていた病巣だけを摘出し、卵巣や子宮といった臓器はすべて残すことができた。

癌の心配はきれいに取り除かれたのに、今度は私の中に隠された、避けては通れない不安を抱えながら、退院することになった。

死ぬ時は一人

当時、翔太と私は猫を二匹飼っていた。私たちが飼い始めたというより、翔太と結婚したら、二匹の兄妹猫、てん（♂）とすず（♀）がおまけについてきたのだ。

翔太と付き合い始めた頃、猫二匹と暮らしていると聞いた時は、多忙な独身サラリーマンと二匹の猫たちとの暮らしがなんだかアブノーマルな気がしたし、そこまで猫好きなのかと、一瞬引いた。

だが話をよくよく聞いてみると、同窓会の三次会の席で子猫の引き取り手を探している同期生がいて、酔った勢いで調子のいい返事をしてしまったという経緯があった。

もともと犬派だった私は、正直猫は苦手だった。

そんな私の気持ちが猫たちに通じてしまったのか、最初は随分フーフーと爪を立てられたり、猫パンチを喰らわされた。私もそれに対抗して、ガーッと両手を広げ、爪を立てる振りをして追いかけたりしたものだ。

そんな天敵同士の私たちも、一つ屋根の下で共に暮らし、時を共有するうちには、いつの間にかすっかり家族になっていた。

すずは私の膝の上が大好きになっていたし、てんも最初は頑として私に寄り付かなかったのに、お腹が空けば私の足に、強く体を擦りつけるようになった。

私にとって、てんとすずは、紛れもなく愛しい家族だった。

すずはこの二年前に乳癌が見つかり、その病巣部分と、片側の乳腺を摘出する大手術を受けていた。病理検査の結果、既にリンパ節に転移していることがわかり、獣医からは、「わずかな時間で肺に転移する可能性が大きいです。あと数か月と思われていた方がいい」と、命の限りを知らされた。

ところが、そんな獣医の宣告を忘れてしまうほど、すずはそれからの二年間、私たちと元気に暮らしてくれたのだ。

だが、私が入院する直前、咀嚼に欠かせない歯とそのエナメル質が劣化し、神経がむき出しになってしまった。

食べ物が神経に触れるようになったため、当然すずは食べられなくなった。そのまま食べられなければ死に至る。獣医からは、劣化したエナメル質の部分を修復する手術の説明があった。

すずに、また怖い思いをさせることが忍びなく、翔太と私は悩んだ。

（手術を受けなければ、すずの命はすぐに尽きてしまう）

せっかく元気で生き延びてきたのに、今ここで生涯を終えることになるなんて。

食べられるようにさえなれば、もう少し一緒にいられる気がしてならなかった。翔太と私はそれを信じて、手術を受けさせることにした。

すずの手術は急を要し、なんの因果か、私の手術日と同じ日になった。

すずを動物病院に連れていき、獣医に託してから私の病院へと急がなくてはならなかったこの日の翔太の朝は、相当慌ただしかったに違いない。

すずは、術後数日間入院したが、私より先に退院した。

私が不在でさぞ心細かったことだろう。

なぜ病院に行くのか、これからどんな治療をするのか、いつもいる人が今いないのはなぜか――。たくさんの不安を抱えていたことだろう。
家にいる間、翔太はずっとすずと一緒にいてくれたし、出勤前と帰宅後は給餌にも気を配っていたが、すずの食欲はなかなか回復しなかった。術後の違和感、家にいるはずの私の不在というストレスに加えて、既にリンパ節に癌細胞が転移しているコンディションが急激に悪化したことも想定された。

「かなり悪い状態です」

動物病院では、食欲増進薬を投与してもらったり、脱水症状を改善させる栄養補液に痛み止めを入れた点滴をしてもらったりと、私が退院した翌日から、再びすずの回復を願いながらの治療が進められた。

私も術後だということを知っていた獣医は、点滴中は傍らに椅子を置き、私が座りながらすずと寄り添えるようにしてくれた。

自宅では日に三度、小さなシリンジに柔らかくした食事療法用のフードを入れ、強制給餌をした。すずを膝に抱えながら、少しずつ少しずつ口に入れた。

(元のすずに戻れますように。食べてくれさえすれば)

一度余命を宣告された命。悲しみから浮上した分、なんとか維持させてやりたかった。

というより、翔太と私が、できる限り変わらずにすずと一緒にいたかったのだ。

だが、その時は刻々と迫っていた。

すずの新たな病巣が、目に見えて大きくなっていったのだ。急激に痩せて小さくなったすずの体に反比例して、腸内にできていた小さな腫瘍が瞬く間に成長していった。

日毎に腹部の腫瘍が膨らみ、厳しい状態と診断された。

上からも下からも排泄してしまうようになり、階段も上り下りできなくなった。

自分の手術・入院で精神的に不安定になっていた私は、その迫りくるすずの死を、なかなか受け止められずにいた。

ついこの間まで私の膝に飛び乗ってきたのに、今はそれができない。

じーっと私の目を見つめるすずの瞳を見ていると、切なくて涙が溢れた。

強制給餌もほとんど受け付けられなくなり、骨と皮の薄い体になっても、ふらふらしながらなんとか自分で歩いてトイレで用を足そうとした。とても見ていられなかった。

「先生、すずは、あとどれくらい？」

「残念ながら、あとわずかだと思います」

「ひどい苦しみなんでしょうか？」

質問している私の唇が震え出し、涙が込み上げた。

「恐らく苦しいと思います。でもすずちゃん、本当によくがんばってくれてますよね」

獣医の目にも、涙が光っていた。

「だから今は、補液で体に水分を与えて、少しでもその苦しみを取ってあげるしか……」

「私、もうこれ以上は見ていられない。すずを楽にしてやる方法はないですか」

「………」

「そばにいてあげてください」

口にしてはいけない言葉と認識しつつ、私はその言葉を獣医にぶつけてしまった。

「先生、もうその時を待つだけなら、楽に旅立たせてやることはできませんか。……安楽死」

獣医は潤んだ目で私を切なそうに見つめながら、首を横に振った。

「最後まですずちゃんはがんばっています。だからそばにいてあげてください」

私は泣きながら、大きく頷くしかなかった。

獣医は一瞬部屋を出て、すぐに何かを持ってきた。

「現在腸の腫瘍が急速に大きくなっているので、もしかしたら腸壁を突き破るかもしれません。その時は七転八倒の苦しみで、のた打ち回るでしょう。その時にはこの座薬を使ってあげてください。すずちゃんはすぐに楽になります」

そう言いながら、私の手のひらにその薬を握らせてくれた。


その夜、「ギャー！」というすずの叫び声がして、飛び起きた。ぐっしょり寝汗をかいていた私は、すずのいるところへ飛んでいった。

「すず！」

私の大きな声で驚いて目をぱちくりさせていたが、すずは体を横にして静かに眠っていたようだった。

私の幻聴だった。

「どうした！　咲希？」

慌てて翔太も飛び起きた。

「ごめん。すずの腸壁が破れたかと思って」

「そう簡単に破れないって。咲希こそちゃんと休まないと」

私は、怖かった。

死が。

そのわずか数日後、すずの様子がいつもと違った。

体の具合が悪くても、スフィンクスのように頭を上にして座っていることが多かったのに、すっかり体を横たえてしまっている。しかも、不自然な場所に身を置いていた。

少しずつその時が近づいている予感はしたが、私はいつもと変わらずシリンジで水を口に含ませたり、声をかけたりしていた。

昼食の支度をしかけた時、急に胸騒ぎがしてすずのところに飛んでいった。

すずの体に痙攣が始まり、口が小刻みに震えていた。

「すず！　すず！」

私はすずの体を抱きすくめた。

「すず、大丈夫よ！　大丈夫だからね！」

私の涙が、すずの体にぽとぽとと落ちていた。

ちょうどその時、電話が鳴った。翔太からだった。

「すずは?」と翔太が言いかけた、まさにその時だった。

「翔太！　すずが！　すずが今逝っちゃう！　逝っちゃうのよ！　声かけてあげて！」

前の晩、夜遅く夕食を取っていた翔太の膝に、すずはふらふらな体で飛び乗り、私たちをびっくりさせた。あれは、すずの挨拶だったのか。

私は、すぐに受話器をすずの耳元に付けた。

（すず！　よくがんばったな！　ありがとな、すず！　すず、ありがとな！）

そう言って泣いている翔太の声が聞こえた。

私も翔太の声に合わせて、すずに感謝の言葉と、ずっと家族だということを伝え続けた。

その声を聞きながら、深い声と共に大きな呼吸を三回繰り返したすずは、すーっと静かになった。

のた打ち回るような最期ではなく、静かな最期だったことを神様に感謝した。すずが黙々と苦しみと闘っていたことを、神様はちゃんと見てくださっていたのだろう。

「すず、ありがとう」

私はすずの体を撫でながら、そう言い続けた。

文句一つ言わず苦しみと向き合い続け、迫りくる最期をしっかり覚悟していた。

辛くても、その時を粛々と待ったすず。

最期の時、たまたま私はそばにいたが、もし私がいなかったとしても、すずは泣き言を言うことなく、恨みを言うことなく、自分だけでその時を迎えていたことだろう。

見事な死に様だった。

私は、すずに教えられた。

人間も動物だ。

生まれてくる時はどんな人でも母親と一緒だが、死ぬ時は一人でこの世を去っていく。

周囲に人がいてもいなくても、最期の闘いは一人だということを、私はすずから教えてもらった。

だから、もう私は大丈夫だと思った。

懐かしいあの頃への思い

それから二年経った、秋も深まった頃のことだった。

私は久しぶりに、母校の中学・高校の文化祭を訪れることにした。

友人の娘が同校のオーケストラ部に所属し、文化祭のコンサートに向けて猛練習しているらしく、その友人から聴いてみないかと誘いがかかったのがきっかけだった。

コンサートにも興味があったが、恩師の栗原先生にも無性に会いたくなったのだ。

妊娠、出産に向けて一途に不妊治療と向き合っていた時を経て、子どものいない人生を歩み始め、少しずつすべてを受け入れつつあったこの頃。若さという強さで生き、未来は歩きたい場所にあるはずだという錯覚に陥っていた学生の頃に、私はなぜか強い郷愁を覚えていた。

母校は既に建て替えられてすっかり変わってしまっていたので、古い校舎から当時を懐かしむことはできないだろうが、恩師に会えれば何かを感じることができるような気がした。

（私が経験してきたこと、考えてきたこと、今携わっていること、それらを報告したら、先生はどんな風におっしゃるだろう）

文化祭当日は、翔太と一緒に出かけた。

まず私たちは、友人の娘のオーケストラ部のコンサート会場に足を運んだ。

その娘は、私が以前ビール会社に勤務していた時、タッグを組みながら仕事をしていた副社長秘書K子の娘だった。K子が大きなお腹を抱えて出産間際まで勤務していた時に、私は職場でぐんぐん大きくなっていく彼女のお腹をさすり、あだ名までつけてお腹の子に話しかけていたという過去がある。

そのお腹の中にいた子が、今、私の母校に通い、新たに楽器を始め、人前で演奏できるようになるまで成長した。そんな成長した姿を真っ先に見たかったのだ。

中学生と高校生によって混成されたオーケストラ部の演奏は、思わず息をのむほどだった。あどけない表情の生徒たちから奏でられる純粋な音が、若く弾けるエネルギーと共にホールに広がり、翔太も私も圧倒された。それはそれは、見事な演奏だった。

聴き入りながら、私はしばし、さまざまな思いに浸った。


その後、私たちは、栗原先生に会いにいった。

先生は長い歳月を経て、学校長兼理事長になっていた。

懐かしさでドキドキしながら校長室をノックすると、先生は当時とまったく変わらない笑顔で、翔太と私を迎え入れてくれた。

当時から社会倫理を専門に教えていたが、常に生徒に公平だったため信頼が厚く、とても人気がある先生だった。

担任にもなったことがない栗原先生を私が恩師と呼ぶその所以は、私が所属していた運動部の顧問だったことにある。私はその部の部長という役割を担っていたため、とにかく先生には厳しく指導された。

愛のムチの意味を知ったのは、自分の役割を離れてからだ。

「先生、お変わりなく！」

「本当に久しぶりだな。今日はよく来てくれた。いやー、当時と変わらないな〜」

クールな厳しさと、温かい笑顔のギャップを鮮明に思い出した。

「先生は、他の部員には優しかったけど、私には厳しかったですよね」

「そうだったか？」

そう言いながら先生はにこにこと笑い、私たちは一気に過去に遡った。

栗原先生は、翔太と私に交互に優しいまなざしを向けながら、気さくに学校経営の話などをし始めた。翔太が先生と打ち解けた頃、私たちは、今まで二人で歩んできた道のりについて報告した。

一つ一つ大きく頷きながら、まるで娘からの報告を受けているかのように、先生は真摯に耳を傾けてくれた。

「そうか、それは大変だったね。二人とも、よくがんばってこられたね」

そして、今後の私たちの人生に、温かいエールも送ってくれた。

私と翔太がどんな気持ちになったかは、安易な言葉では言い尽くせない。

（先生に会いに来て、本当によかった）そう思った。

そろそろ帰ろうと校長室を出ようとした、ちょうどその時だった。

「先生〜、お手伝い終わりましたからね〜！」

そう大きな声で、ノックもほどほどに校長室のドアを開けた女性がいた。

どこかで聞いたことのある声……。

運動部時代に親しくしていた一つ年上の先輩、ミミさんだった。

約三十年ぶりの再会だったが、そんな歳月が経っても、声が耳に馴染んでいたという体験は初めてのこと。この再会が、私にとって不思議な縁の始まりになった。

思いがけない誘い

「咲希、今日は本当にびっくりしたわよ！　まさかあなたが先生のところにいたなんて。でね、今電話させてもらったのは、ひなげし会バザーのお手伝いの話なの」

その日のうちに、ミミ先輩から連絡があった。

ひなげし会とは、明治二十一年に創立された母校の創立三十周年を記念して発足した、大正時代から今日まで存続している同窓会だ。卒業生の相互の親睦をはかると共に、母校の後援や行事への参加、機関紙の発行、入学希望者向けバザーの開催や社会福祉事業への支援などを行っている。そして、卒業生はみんな会員として登録される。

この会を「ひなげし」と名付けた理由はわからない。花言葉にもある、思いやりやいたわりを持った人間であり続けるようにといった先人たちの願いからかもしれない。

「バザーって？　いい歳した私たちが、バザーをお手伝いするんですか。もう卒業して二十八年経ってますけど」

ミミ先輩は、このバザーの習わしについて説明してくれた。

ひなげし会は年に一度、入学希望者向けのバザーを母校で開き、一般の人たち向けに学校を開放しているが、そのバザーの企画運営の手伝いを、高校卒業三十年目の卒業生がするという習わしがあった。

不出来な卒業生で恥ずかしい限りだが、ミミ先輩から聞くまで、私はこの習わしについて知らなかった。卒業する頃に案内があったのかもしれないが、まったく記憶に残っていなかったのだ。

「そう、咲希は知らなかったんだ。来年は、私の学年が担当でね。バザーの他に文化祭も手伝うらしくて。今日の文化祭で先輩たちがどんな働きぶりをしてるのか、来年に向けてリサーチに行ってきたわけよ。ついでに手伝わされちゃったんだけどね」

「ふーん、なるほど。お手伝いだったらやってもいいですけど、どんなことするんですか」

「うーんとね、バザーはたった一日なんだけど、入学希望者向けに子ども向けのゲームコーナーを設けたり、喫茶店を開いたり、伝統のキャンディーレイを販売したりするの。他にもお弁当販売や福引なんかもあるんだけどね。で、文化祭の縮小版みたいな感じかな。もちろん在校生や卒業生なんかも来るんだけどど、二年後に、私たちの一年後輩で卒業三十年目の咲希たちの学年が担当するってわけ。ひなげし会の理事たちと一緒に、企画から当日までの準備を進めるんだけど、幹事が十名くらい必要なの。その幹事の取りまとめ役を咲希にやってもらいたいのよー。私もそのお役目なんだけどさ」

「取りまとめ役？　だめだめ、私なんかだめですよ。卒業後、母校のために何にもしてないし。もっと模範的な卒業生がいるじゃないですか。何かの委員長してたとか」

「何をやってた人とかじゃないのよ。在学中に信頼関係があった、よく知ってる後輩にこのリレーのバトンを渡すっていう、暗黙のルールがあるみたいでね」

「じゃあ、ミミ先輩も、知ってる先輩からの話？」

「そういうこと。逃げられないってわけ。ねぇ咲希、やってよ」

「うーん、そうですねぇ」

「絶対楽しいって」

(本当に楽しいだろうか)

以前の私だったら、お断りしていたと思う。

一般的に同期生の多くは普通に妊娠、出産し、母となっているはずだ。その違いを改めて意識させられるのは堪らないと思ったかもしれない。

「でね、当日は八十名くらいのお手伝いの人に来てもらわなくちゃならないの」

「八十名のお手伝いって、それも同期生?」

「うん、そう、咲希の学年の人たち。幹事が声をかけるんだけどね」

「えっ、私たちが声かけるんですか?　もう三十年経つんですよ!　そんな人数、どう考えたって集まらないでしょー。交流が続いている人も中にはいるでしょうけど、連絡取り合ってない人の方が多いんじゃないですか」

「まぁそうかもしれないけど、毎年なんとか集まってるみたいよ。咲希たちの学年が担当するバザーは、今から二年後だし。まだ先の話よ。時間の余裕もあるしさ。お願い!」

在学中は親しくしていたミミ先輩。少々強引な勧めではあったものの、繋がりの深かった先輩からの依頼だ。

「わかった、やりますよ。やりますってば」

伝統ある習わしについて、この期に及ぶまでまったく知らなかった不義理の卒業生の私が、その一翼を担うなど恐れ多いとも思ったが、何か新しいことに身を投じたいという思いが強く湧いてきた。


文化祭直後にこの話を聞き、まだまだ先の話だと悠長に構えていた私は、時の早さを痛感しながら、翌年の晩春、二人に声をかけた。卒業後親しく交流が続き、既に子育てを終えていたり、長年のフルタイムの勤務を離れ、時間の調整がつきやすい友人たちだった。

その友人たちからまた別の同期生へと話が伝わり、秋には総勢十名の幹事メンバーが揃った。母校では毎年クラス替えがあったので、どこかでクラスが一緒だったりして、みんなお互い知っていた。

今回揃った幹事は、当時から仲の良い十人組ではなく、シャッフルされた個性溢れるメンバーだった。

「わぁー、ちょもじゃない！　やだ、変わらない！」

「懐かしい！　ロミ！　ロミだよね！」

「のり坊、どうしてた～!?」

年明け、キックオフミーティングで集まった都内のある会議室でのこと。あまりにも懐かしく、時空を超えたかのような不思議な場に黄色い声が響き、みんな瞬時に当時の若かりし頃にタイムスリップした。

お化粧もしていないあの頃と、三十年経った今。

みんながこの滅多にない再会に興奮している間に、私はテーブルに議題を記した紙を配った。

「じゃ、そろそろ始めよっか」そう声をかけた途端、みんなさっと席について一気に静かになり、配布資料に目を通し始めた。

当たり前のことで恥ずかしい限りだが、そんなみんなを見て（大人になった）と感じずにはいられなかった。学生時代、いくら先生が「うるさいぞ！　静かにしろ！」と声を荒らげてもなかなか静まらず、先生たちを困らせた記憶が鮮明に残っていたのでなおさらだった。

箸が転がってもおかしい年頃だった私たちも、卒業後それぞれの人生を生き、今またこうして大人になって繋がった。

そんな奇跡的な縁を感じた一瞬だった。

ひなげし会バザー

キックオフから本番まで約十か月。

先輩たちから引き継ぎを受けたものの、秋のバザーに向けて、手さぐり状態の準備が本格的に始まった。

ひなげし会の理事たちが実施するプログラムが、毎年恒例のお弁当販売と福引だ。

私たち卒業生独自のプログラムは、子ども向けのゲームコーナー、卒業生向けの喫茶「ラウンジひなげし」、一般の来場者向けの喫茶店「バレット」、伝統のキャンディーレイ販売といった四種類。

プログラム毎にチームを作り、そのメンバーを決め、それぞれどんな趣向を凝らすか熟考を重ねていった。

一日の来場者数の毎年の平均が二千五百人前後という情報を耳にした私たちは、母校に恥をかかせるわけにはいかないという、身の引き締まるような心境にもなっていった。

とはいっても、みんなそれぞれ自分の生活がある。

立場や生活の環境もまちまちだ。

親の介護、まだ幼い子どもの子育て、フルタイムで残業の多い仕事の重責、反抗期の子どもとの関わり、自身の体のコンディション、子どもの就職問題、義理の親との同居の難しさ、母や妻としての役割の意味がわからなくなった不安……。

みんな、抱えているものから離れられず闘っていた。

そんな中、一つの方向を目指して集まったわけで、ふって湧いたこの幹事の話を最優先に考える人など当初はいなかったように思う。

当日は、同期生多数の手が必要になるため、まずはそのマンパワーを確保しなくてはならず、この人数集めが最大の悩みの種だった。

何しろ高校を卒業して三十年経っている。

何かの折に、遠く懐かしい記憶を辿ることがあったとしても、記憶は記憶だ。みんな現実の今を優先して生きている。私のように母校のバザーのことを知らない、または忘れ去っている輩も大勢いるだろう。

そんな同期生たちに突然連絡し、「今度のバザーは私たちの学年が当番だから、当日学校に来て一緒に手伝って」とお願いしたところで、果たして来てくれるものなのだろうかと、疑念が募った。しかも八十名も。（無理じゃないだろうか）という気持ちの方が強かった。恐らく他の幹事メンバーも同じように思っていたと思う。

作成した参加者を募る案内状一枚一枚に、必ず、幹事メンバーの誰かが直筆メッセージを書き込むようにした。参加を乞うメッセージだ。

そして、（当日会えますように）という願いを込めながら投函した。


私たちは、この企画を進行するのにテーマを決めた。

そのテーマは、ポップ。

ポップは、大衆向きで時代にあった洒落ている様子という意味もあるが、はじけるという意味もある。若い世代も華やかになっている昨今、明るい雰囲気で会場を満たし、かつ卒業三十年経った私たちもはじけていこうではないか、という意味を込めた。

それぞれのチームの企画も、時間の経過と共に具体的になっていった。

一つ目のプログラムである子ども向けのゲームは、「さかな釣りゲーム」。

池に見立てたシートをフロアーに敷き、その上にたくさんの魚を並べる。この魚を釣竿で釣ると、魚の裏に貼り付けた印の景品が当たるというゲームだ。魚にも釣竿にもマグネットをつけるという一見どこにでもありそうなゲームだが、カラフルな魚たちはどれも同期生のハンドメイド。図鑑を片手に、今にも水の中で自在に泳ぎだしそうな愛らしい魚たちを、熱心に、丁寧に制作した。

二つ目のプログラムの喫茶店「バレット」はメイン商品が二つ。一つは有名なパン屋さんの、店頭には置いていない焼き菓子。もう一つは女の子受けしそうな、レインボーカラーのカラフルなつぶつぶアイスだ。

このレインボーカラーが私たちのテーマに合ったのと、最近の十月はまだ夏の暑さが残ることが多いので、アイスは人気があるとふんだのだ。台風や急な温度変化によっては売れない可能性もある。保冷管理や配送を含め、諸々のリスクはあったが決定した。

三つ目のプログラムは、卒業生向けの「ラウンジひなげし」。一般的な喫茶メニューに加えてバレットの商品も回すことにした。壁に貼る大きなメニューや卓上メニュー等、手の込んだ装飾で、殺風景な教室が華やかな空間に変わった。

そして最後、四つ目のプログラムは、伝統のキャンディーレイ販売だ。

卒業三十年目の卒業生が制作し、販売することが伝統になっているこのキャンディーレイの目標個数は四百五十個。数種類のキャンディーを透明の袋に入れて、数か所リボンで留めていく作業で、きれいに仕上げるには慣れと時間を要する。夏の終わりの時期で、早く制作したらキャンディーが溶けてしまうという問題もあり、バザー間際の二日間という日程で、少なくとも数十名の制作メンバーの手で作る必要があった。

同期生とのやりとりを含め、外部業者との交渉、ひなげし会の理事や学校への報告、景品・装飾品の検討購入、備品の準備、参加同期生のチーム分け、後輩たちへの引き継ぎ準備等々、幹事のやることは山積みで、まさに多忙な会社業務のようだった。

会社のように顔を突き合わせて準備ができるわけでもなく、会える時間も限られているので、メーリングリストという重宝な連絡ツールを酷使しながら情報を共有し、進めてきた。

困っていそうな人のところにさりげなく差し伸べられる手、忙しそうだと感じたら代わりに担当する機転、失敗してしまった人には気分一新できるようなフォロー、迷っていることを伝えるとあちこちから送られてくる代替案。

またしても、(みんな、大人になった)と感じた。

もっと適切な表現をすれば、(素敵な大人になった)と感じた。

そして次第に、幹事みんなが、この業務を「大事なもの」として捉えるようになっていった。

バザー直前のキャンディーレイ制作の二日間では、延べ六十名もの同期生が参加してくれた。

制作会場は最初、強烈な懐かしさと、少しの戸惑いと、再会の喜びとが入り混じった不思議な空気だったが、すぐに三十年前の学び舎さながら、賑やかなものに変わった。

忙しなく動いていたのは、みんなの手だけではなかった。

キルトを作るために集まった女性たちが、キルトを作りながらそれぞれの恋愛話を語っていくという映画があったのを思い出した。

笑顔あり、真剣な面持ちあり、頷きあり、驚きの表情あり……。みんな、手を動かしながらさまざまなことを語っているように見えた。

いよいよバザー当日。

八十名弱もの同期生が学校に集まった。

たとえ一日のことだとしても、朝早くから終日、貴重な時間を母校のために費やすことになる。人と簡単に繋がれるフェイスブックやツイッター等の威力があったとしても、やはり「思い」がなければ、ここまで人は集まらないだろう。

朝の集合時、これだけの人数の同期生が一堂に会し、その日の動きについて確認し合ったが、三十年ぶりの再会は自ずとみんなの士気を高めたようだった。

さかな釣りゲームコーナーでは、活き活きとした愛らしいハンドメイドの魚たちに引き寄せられた子どもたちが列を成し、たくさんあった魚も子どもたちが持ち帰り、最後は一つ残らずなくなった。

ポップでカラフルなアイスは、お天気にも助けられ、来場者から人気が高かった。

ラウンジも、卒業生がすっかり長居をするほど心地よい場所となった。

伝統のキャンディーレイは、あっという間に売り切れてしまった。

それぞれの持ち場についた同期生みんなに、パワーと勢いがあった。

お弁当販売や福引を含め、朝早くからわずかな休憩以外は立ったままの動きだ。文句の一つや二つは当然出るだろうと、幹事みんな覚悟を決めていた。

だが、心配には及ばなかった。

久しぶりに再会した仲間たちは、みんな役割に忠実であったし、周囲への配慮も忘れなかった。

何よりその笑顔は輝いていた。

そんなみんなの笑顔に、どんな思いで今を生きているのかと、胸が熱くなった。

三色のキャラメル

再会した同期生も、子どもがいる人といない人がいた。

子どもがいる人生といない人生。

それは誰がなんと言おうと絶対的に違う。違って当たり前だ。

子どもはそれほど欲しくなくて妊娠出産しなかった人と、どうしても欲しいと思ったのにできなかった人とでも、人生の捉え方は異なるに違いない。


不妊治療をやめたら、不妊から卒業できるのだろうか。

子どもをあきらめたら、不妊は終わるのだろうか。

その答えは「ノー」だと思う。

欲しいのにあきらめざるを得なかったその気持ちは、いくら封印しようとしても、完全に消し去ることはできない気がする。

実際、私がそうだからだ。

さまざまな出来事を乗り越え、今、私は自身の暮らしに満足し、納得し、（この人生も、なかなか悪くない）と、笑いの多い日々を楽しく生きている。

子どもがいないことや不妊治療をしてきたことを、日々思い出しては考え、未だに悩んでいるわけでもまったくない。

子どもに関しては、自分にでき得るベストを尽くしたと思っているし、子どもをあきらめてから随分時間も経つ。そして今、意欲を持ってしたいことも、時間が足りないくらいたくさんある。

でも。

でも、なのだ。

何かの拍子に、忘れた頃に、未だに胸の奥がきゅんとし、スイッチが入ることがある。テレビのコマーシャルだったり、ドラマだったり、人の話だったり、日本の国民行事だったり、自分の最期の瞬間のことを想像した時だったり、そのきっかけはまちまちだけれど、なんだか切なくなり寂しくなり、ぽんと穴に落ちるような時があるのだ。

ただ、それはほんの一時的なこと。その穴から出てくる術も、ちゃんと習得している。

きっと私はこれからも、そんな時間を過ごしていくに違いない。そして、我が命が尽きるまで、不妊と共に、不妊を抱えながら、折り合いをつけながら生きていくのだと思う。

不妊がそういうものだとしたら、不妊をおろそかにしてはならないはずだ。

大切に扱い、上手に向き合いながら付き合っていかなくてはならないと、心から思う。

幼い頃に母が作ってくれた、赤、青、黄色の素朴なセロファンに包まれた三色のキャラメル。私はずっと、子どもができたらこのキャラメルを作ろうと思っていた。母と私がしたように、今度は私の子どもと一緒に、けらけらと笑いながら。

だが、残念ながらその夢は消えた。

夢が消えた直後、温かく幼い命を抱く準備をしてきた私の両腕は、空の状態のまま。そこには冷たい風だけが流れている気がしていた。

《今は見えない未来に　たったひとつの道しるべ》
《なつかしすぎる未来が　たったひとつの探しもの》
ある女性歌手が歌っている曲のフレーズで、今、私が好きな言葉だ。
母校のバザーを通して、三十年前に笑い合ったあの頃と変わらぬ友の笑顔に近づくことができ、人生と闘ってきたのは私だけじゃないことを改めて教えてもらった。
仕事、病、夫婦関係、子育て、親の介護等、子どもがいようといなかろうと、私の同期生の仲間たちは、さまざまな問題を抱えながらも、自分の運命とちゃんと向き合いながら生きてきたことがわかった。それは、私自身の生き方に自信を持つ勇気をくれた。

何を持っているかではなく、どんな風に生きていくかが大事だと再認識できた。

自分の命の尊さに気づかせてくれた両親にも、心底感謝した。

母の涙と共に、どこにもいかない過去の温かい時間が、そのことを思い出させてくれたと思っている。

子どもがいない自分を卑下することなく、私だけの人生を、素敵に精いっぱい生きようと思った。

自分を大事にすることも、忘れずにいようと思った。

待ち望んだ子どもを抱きしめることはできなかったけれど、今、私は、三色のキャラメルを腕いっぱいに抱えている。

三色のキャラメルは、大事にすべき命の尊さや、自信を持って生きる勇気や、あらためて感じた愛情の証。私にとっての道標になった。

今こそ三色のキャラメルを作ろうと思う。

私を支えてくれた人たちに、ありがとう、という感謝の気持ちを込めて。
汗をかきながら、幼い私と一緒に、その三色のキャラメルを作ってくれた母に。
いつまでも私を心配してくれる父に。
勇気をくれた友に。
何より、変わらぬ深い愛情でいつもそばにいてくれる翔太に。
きっとみんな「美味しい」と笑顔をくれるだろう。

（完）

おわりに

結婚さえすれば子どもに恵まれるわけではない。

子どもが欲しいと願っても、恵まれるとは限らない。

「本当にこの人の子どもを産んで、大丈夫なのだろうか」とパートナーに信頼をおけない人も、中にはおられるかもしれない。

夫婦関係がうまくいかず、子どもが欲しいと思っても、子どもどころではない状態だったり、離婚という選択をせざるを得ない人もいらっしゃるだろう。

また、子どもを授かるために、必要な行為が営めないご夫婦も実際存在する。

不妊に悩むご夫婦のうち、男性に原因があるケースが四十パーセント以上あるという事実もある。

子どもを願っているのに手にできないその背景は、さまざまだと思う。

子どもを願いながら叶わない時間が長くなり、特に、期待と絶望を繰り返さなくてはならない不妊治療の継続は、どれだけ心が疲弊するか。

もう少し手を伸ばせば小さな命が得られると思いながら、長年、不妊治療を重ねてきたその間、私の両腕は、小さくて愛らしい温もりを待っていた。

子どもをあきらめなくてはならなくなった時、私はその両腕を、すぐに下ろすことができなかった。我が子を抱きしめようと準備していたその両腕は、何も抱くことのない空のまま。その空虚感は、当然心も重くした。

待っていた小さな命は、将来への希望だった。

(希望を失って、これからどうしていったらいいの？)そう悩んだ。

けれど、今、私の両腕は、温かい三色のキャラメルを大事に抱えている。


子どもを望んだのに恵まれなかったとしたら、その人の人生は不幸なのだろうか。

出産できたかできなかったかにかかわらず、子どもがいるいないにかかわらず、その人の命、人生は世界に一つだけの尊いものであり、幸せだと感じられる人生を過ごす権利があるはずだ。

自分にとって大事で、愛おしく腕に抱えるものは、その後の生き方次第で見つけられる気がする。

そういうものは、案外身近にあるものなのかもしれない。

私の場合は、家族や友人たちとの温かい関わりが、今の私をつくってくれたと思っている。

だが、周囲に理解者がなく、孤独な思いをずっと引きずっている方や、パートナーとの関係が思わぬ方向に変化してしまい、戸惑い、動揺している方もおられるだろう。

不妊の悩みは特有で多岐に亘る。不妊ピア・カウンセラーとしてクライアントの話を聞いていると、その悩みは本人だけの問題にとどまらず、夫婦や親子、また姉妹間といった、家族関係の中で抱える問題にまで発展するケースが多いように思う。

そんな気づきから、私は家族相談士の資格も取得した。

家族相談士の役割とは、家族関係の調整や、健康な家族をつくるための助言、指導、啓蒙活動にある。不妊という問題が、当人たちだけではなく、親を含んだ家族が直面する問題とも言えるのであれば、家族それぞれの心の葛藤を援助する必要があるのではないだろうか。

不妊治療をやめて子どもをあきらめた人々にとっては特に、夫をはじめ、家族の理解や周囲の温かいサポートが、その後の人生を再構築する上で大変重要なものになるはずだ。

周囲の人々の理解と寄り添いによって、喪失感に苛まれる当事者も前を向いて歩く力を得られるのではないだろうか。

私は、家族の中でも孤立しがちな不妊当事者を、家族同士の関わり方にも重きを置きながら、家族相談士という立場からも支援していけたらと考えている。

昔のように女性が型にはまった生き方を強いられない現代、女性たちは、自分が思い描いた理想的な人生を送ることに貪欲になれる。

ようやく仕事に慣れてきた頃だから、もう少しがんばってみたい。

やっと手に入れたマネージャー職だから、出産している場合じゃない。

子どもを産んだらできないことを、今のうちにやっておきたい。

子どもにちゃんとお金をかけられる経済力がついてから。

などと、「やりたいこと」「やらなければならないこと」をすべてやり終えてから、最後に妊娠・出産に向かう傾向があるようにも思う。

私が純粋な気持ちで、子どものことについて向き合えたのが、三十七歳。

読んでいただいた通り、それまでいろいろなことがあってかなり遠回りをし、高齢で子どもを望むことになった。だから不妊治療もしかたないし、その治療も悔いのないように、とことんやったので思い残すことはない。それが私の運命だと受け止めている。

けれど、悔やまれることが一つある。

それは、最近よく話題に取り上げられている「卵子の老化」についての知識不足だ。


女性として成長する過程において、卵子が自分よりずっと早く老化することを知識として持っていたら、私のこれまでの人生はどうだっただろう、と最近思う。

たとえ辛い離婚に至ったとしても、その後、母親になることについて、もっと真剣に考え、妊娠・出産をより意識した選択をしてきたかもしれない。

トラウマとの付き合い方も変わったかもしれない。

クリニックにも、もっとちゃんと通って、自分の体を大事にしていたかもしれない。

三十七歳で子どもを持ちたいと思った時に、タイミング療法からではなく、すぐに体外受精を受ける心づもりができたかもしれない。

不妊治療を「なんで？　どうして？」と思いながら六年も続けず、早い段階で気持ちの切り替えができるように、自らなんらかの布石を打っておくこともできたかもしれない。


もちろんこれは、たらればの話に過ぎない。

しかし、そんな風に知識一つを持ち合わせるか否かで、人生が大きく変わってくる可能性も充分にある。

「知っている」のと「知らない」のとでは、雲泥の差が生まれる。

特に卵子が早く老化するという知識は、月経は月に一度の周期という知識となんら変わらないくらい基本的な情報であり、妊娠・出産が人生の大きな節目にある女性にとって、生物学的には極めて大事な知識ではないかと、私は思う。

そんな基本的な知識を、私は誰かから教わった記憶がない。

誰も教えてくれなかった。

また、子どもは女性だけで望むものではないとすると、当然男性にとっても重要な情報であり、家族計画を立てていく上では、共に知っておくべき知識であろう。

卵子の老化を知った上で妊娠・出産を後回しにするのなら、それはそれで構わないと思う。その選択は個人の自由だろう。

ただ、知らずに後回しにし、いざ欲しいとなった時になかなか妊娠できず、何年も苦しい思いをして願いが叶わないとしたら、そんな残酷なことはない。

それは、私の実体験から切実に思うことだ。

子どもはいらない、というご夫婦も当然いらっしゃるだろう。
子どもを産む産まないの選択は自由だけれど、どんな選択をするにしても、充分な知識と情報を持って、納得した選択ができるようになることを切に願いながら筆をおきたいと思う。

不妊と向き合ったからこそわかった大事なことは、今では私の宝物だ。
これからはその宝物と共に生きていこうと思う。

私の拙い話に最後までお付き合いくださったみなさまに、心よりお礼申し上げます。
ありがとうございました。

そして、私を支えてきてくれた、私の愛する人たちに、あらためて心から感謝の意を表します。

最後に。
初めて挿画に挑戦してくれた母。

私の出版の目的を理解し、背中を押してくださった文芸社のみなさん。
ありがとう。

永森　咲希

著者プロフィール

永森 咲希（ながもり さき）

1964年、東京生まれ。東京女学館中学校・高等学校卒業。聖心女子大学外国語外国文学科卒業後、外資系企業に勤務。
6年間の不妊治療を経て夫婦二人の人生を生きる中、2014年に一般社団法人MoLive（モリーヴ）を立ち上げ、不妊カウンセラー、キャリアコンサルタント（国家資格）、家族相談士、産業カウンセラーとして、不妊の悩み、子どもをあきらめる葛藤、あきらめてからの思いを支える活動に従事。現在は“リプロダクティブ・ヘルツ/ライツ（性と生殖に関する健康と権利）”についての啓蒙活動を企業を中心に取り組んでいる。

一般社団法人MoLive（モリーヴ）
URL: http://molive.biz/

三色のキャラメル 不妊と向き合ったからこそわかったこと

2014年10月15日　初版第1刷発行
2018年10月20日　初版第3刷発行

著　者　永森 咲希
発行者　瓜谷 綱延
発行所　株式会社文芸社
〒160-0022　東京都新宿区新宿1－10－1
電話　03-5369-3060（代表）
03-5369-2299（販売）

印刷所　株式会社フクイン

ISBN978-4-286-15296-7　JASRAC 出 1410091 － 702